黑色的眼睛

顾城 著

作家出版社

Dark night gives me dark eyes

黑夜给了我黑色的眼睛

1979 年 4 月

and I use them to search for light

我却用它寻找光明

夜半

果麦文化 出品

目录

▶ 1979

种子的梦想	3
年轻的树	5
你和我	7
一代人	8
古城的回忆	9
荒园的回忆	10
凝视	11
错过	12
许许多多时刻	13
生活给我什么	16
春日的黄昏	17
我好像……	18
我是……	20

▶ 1980

给安徒生	23
梦痕	26
水乡	29
爱我吧，海	35

答应	40
绿地之舞	41
铜色的云	43
远和近	48
赠别	49
黑星	50
避免	51
我总觉得	52
解释	54
海云	55
泡影	56
迷失在落叶下的孩子	57
听	61
感觉	62
睡莲	63
译者的形象	64
在戈壁，我成了游牧者	66
在淡淡的秋季	68
信念	70
赠舒婷	71
大写的"我"	72
海摊	77

我的信念	78
夕阳	79
我的诗	81
再见	83
简历	84
不要说了,我不会屈服	86
远古的小船	89
我们去寻找一盏灯	95
我知道了,什么是眼泪	98

1981

无名草	103
回归(一)	107
土地是弯曲的	109
雪下大了	110
我是一个任性的孩子	113
雨(二)	118
我们相信	119
给恩斯特	121
我的墓地	122
你的心,是一座属于太阳的城市	124
草原	127

自信	128
给一颗没有的星星	130
我的心爱着世界	132
给我逝去的老祖母（一）	134
还记得那条河吗	137
希望的回归	140
在这宽大明亮的世界上	145
回归（二）	147
不是再见	149
那是冬天的黄土路	151
是谁在说，黄昏	153
噢，你就是那棵橘子树	156

1982

在大风暴来临的时候	163
我的一个春天	165
爱的日记	167
等待黎明	170
我会像青草一样呼吸	174
给我逝去的老祖母（二）	176
风的梦	180
老人（一）	185

归来（二）	187
生命的愿望	191
童年的河滨	193
无题	195
有时，我真想	196
节日	198
我要编一只小船	201
窗外的夏天	205
门前	208
没有着色的意象	210
铁铃	212
碧绿碧绿的小虫	218
我曾是火中最小的花朵	220
南国之秋（一）	223
南国之秋（二）	226
最凉的早晨	228
东方的庭院	230
都市	234

▶ 1983

我梦见过鱼	237
白令海姑娘	240

异地	244
我不知道怎样爱你	246
我相信歌声	251
郊地	257
倾听时间	259
很久以来	263
我承认	265
的确,这就是世界	266
波浪推送着你	269
工作	271
许多时间,像烟	273
我仰望过这里的葡萄	276
守望	278
囚车	281
相合	282

1984

我们生活在一面	285
不辨	287
读书(一)	289
读书(二)	290
写诗	291

胡须	293
分工	294
联系	296
试验	297
灵魂有一个孤寂的住所	299
迎新	300

1985

还魂	303
不明	304
我不愿与人重逢	306
是树木游泳的力量	308
这是我流浪的空地	309
山歌	311
怀旧	312
柳木	314
航船	315
云起	318

1986

消失	323
呼吸	325

我们写东西	326
为了长久	328
怀古	329
磨石	331
避雨	332
雨水	333
失事	334
日益	336
潜泳	337
裂痕	338
同意	339
水火	341
请假	344
云南	346
表达	348

1987

我在很多地方	351
守中	353
弯牛	355
往世	356
箭	358

法国	360

1988

拔地	363
又一诞生	365
开始	366
雨时	368
译	370
你看我的时候	372
声音	374
花就这样开了	376
木桩	377
万一	378
往事	379
瞬息	380
想些往事	382
答案	383

1989

我转动手指	387
驻马店	389
十九日	391

关灯	392
就是这样的人	394
近处的故事	396
散文	398
盲人渡海	399

1979

种子的梦想[1]

种子在冻土里梦想春天。

它梦见——
龙钟的冬神下葬了,
彩色的地平线上走来少年;

它梦见——
自己颤动地舒展着腰身,
长睫旁闪耀着露滴的银钻;

它梦见——

---

[1] 本诗曾被认为过于"消极"。1981年首期《十月》刊发时改题为《梦想》,诗文也向积极方向做了调整:种子在冻土里 / 梦想着春天。// 它梦见—— / 自己颤动地舒展着腰身, / 长睫旁闪耀着露滴的银钻;它梦见—— / 蝴蝶轻轻地吻它, / 春蚕张开了新房的金幔;// 它梦见—— / 无数花朵睁开了稚气的眼睛, / 就像月亮身边的万千星点……// 种子呵, / 在冻土里梦想春天……

伴娘蝴蝶轻轻吻它,
蚕姐姐张开了新房的金幔;

它梦见——
无数儿女睁开了稚气的眼睛,
就像月亮身边的万千星点……

种子呵,在冻土里梦想春天,
它的头顶覆盖着一块巨大的石板。

1979 年 1 月

年轻的树

雪呀雪呀雪,
覆盖了沉睡的原野。

无数洁白的辙印,
消失在迷蒙的边界。

在灰色的夜空前,
伫立着一棵年轻的树。

它拒绝了幻梦的爱,
在思考另一个世界。

1979 年 2 月 雪夜

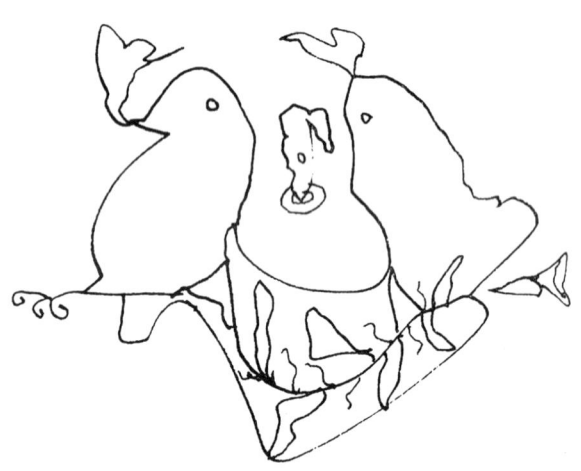

你和我

你应该是一场梦,
我应该是一阵风。

1979年3月底

一代人

黑夜给了我黑色的眼睛
我却用它寻找光明

1979 年 4 月 夜半

古城的回忆

花坛上
泪还是那样冷
高卧的城垣
默默无声

路灯和华灯
投下两组疑影
一片橘红
一片淡青

1979年4月

荒园的回忆

冷雨在古柏上
涂下了
黑森森的蟒纹

沉默的积水
包围着
一个孤独的脚印

那是春天吗
没有花
只有落英

1979 年 4 月

凝视

世界在喧闹中逝去，
你凝视着什么，
在那睫影的掩盖下，
我发现了我。

一个笨拙的身影，
在星空下不知所措。

星星渐渐聚成了泪水，
从你的心头滑落。

我不会问，
你也没有说。

1979年6月

错过

隔膜的薄冰溶化了,
湖水是那样透澈;
被雪和谜掩埋的生命,
都在春光中复活。

一切都明明白白,
但我们仍匆匆错过;
因为你相信命运,
因为我怀疑生活……

1979 年 6 月

许许多多时刻

许许多多时刻
有我看到的
有我想到的
有不睡午觉的孩子
告诉我的
各种形态的
像叶片一样活泼的
时刻,在风中唱歌
使天空变成一片
浅蓝色的火星
火星,浅蓝色
在梦里闪闪烁烁

我需要那些时刻
就像南方的红土地
需要榕树的根须
从空中垂落

我需要它们,需要
它们在我的身体中生长
缠绕住我的心
我的脉搏
使它永远不会干枯
不会在疲倦中散落

呵,许许多多时刻
在我生命中生长的时刻
悄悄展开了
展开了那样多细小的花瓣
展开了语言,爱和歌
它们终将要
茂盛地把我覆盖
用并不单一的绿色
代表生活

我将在绿色中消失
我将为许多美好的
时刻,美好得
像一枚枚明亮的浆果
在山地倾斜的阳光里

等待
等待着不睡午觉的
孩子们长大
长大，成为远行者

1979 年 8 月

生活给我什么

太阳给我生命
月亮给我诗情
生活给我什么?
一副怀疑的眼镜

1979 年 10 月

春日的黄昏

春水闪在河滨,
把往日的枯叶摇动,
太阳停在远方,
含着无限温情……

夕光溶解了土地,
绿叶变成金翎,
"献给你呵,献给你",
风在梦中低吟。

春日的赠礼多么灿烂,
你只取下一脉草茎,
用那泪湿的心蕊,
把谜语写进黄昏。

1979 年 10 月

我好像……

我好像变成了植物,
再也离不开泥土。
爱情在哪里萌发,
也将在哪里成熟。

1979 年 11 月

我是……

我是一条小鱼,
在你梦河中游泳——

是碧蓝的风?
是摇荡的虹?

没有毒棘,
没有欺骗的网痕;

星星闪在水底,
幻影聚在空中……

呵,我是一片雪花,
在你心海中消融……

1979 年 11 月

1980

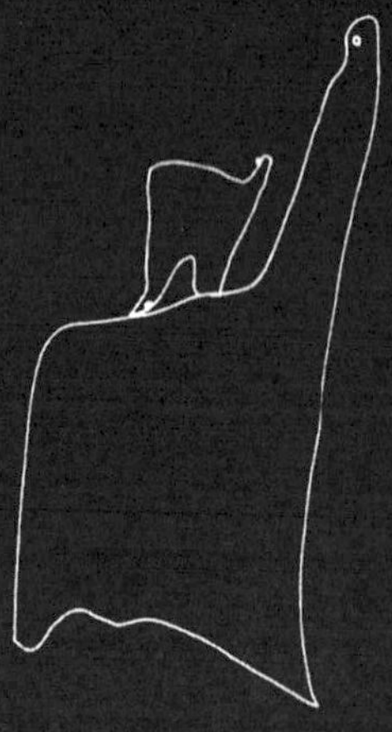

给安徒生

金色的流沙
湮没了你的童话
连同我——
无知的微笑和眼泪

我相信
那一切都是种子
只有经过埋葬
才有生机

当我回来的时候
眉发已雪白
沙漠却变成了
一个碧绿的世界

我愿在这里安歇

在花朵和露水中间

我将重新找到

儿时丢失的情感

                              1980 年 1 月

梦痕

灯
淡黄的眼睫
不再闪动

黑暗在淤集
无边无际
掩盖了——
珊瑚般生长的城市
和默默沉淀的历史……

我被漂尽的灵魂
附在你的窗前

我看见
诗安息着
在那淡绿的枕巾上
在那升起微笑的浅草地上

发缕像无声的瀑布……

呢喃的溪水
还给我最初的记忆吧

在一滴露水中
我们诞生了
大理石绽开永恒的波纹
像一片磨平的海洋
像寓言般光润
水底白洁的卵石，
渐渐开始了游动……

我是鱼，也是鸟
长满了纯银的鳞和羽毛
在黄昏临近时
把琴弦送给河岸
把蜜送给花的恋人

植物呵，你这绿色的孩子，
等来的要是秋天呢？

你是常春藤
你拥抱着整座森林
使所有落叶飞上枝头
把洁净的天空重新藏起
呵，不要询问……

夜潮退了，退远了
早晨像一片浅滩

在升起的现实上
我飘散着，盲目的
像冰花的泪
化为缓缓升起的云雾
把命运交给风……

灯
橘红的灯
没有作声

1980 年 2 月

水乡

清明
淡紫色的风
颤动着——
溶去了繁杂、喧嚷
花台布
和那布满油渍的曲调……
这是水乡小镇
我走来，轻轻地
带着丝一样飘浮的呼吸
带着湿润的影子
鲜黄的油菜花
蒲公英，小鹅
偷藏起
我的脚印

我知道
在那乌篷船栖息的地方

在那细细编结的

薄瓦下

你安睡着

身边环绕着古老的谣曲

环绕着玩具

——笋壳的尖盔

砖的印

陶碗中飘着萍花

停着小鱼

甲虫在细竹管里

发出一阵噪响……

你的白云姥姥

合上了帐幔

黢黑的小印度弟弟

还没诞生……

我听见

鸟和树叶的赞美

木锯的节拍

橹的歌

兰叶和拱桥弧形的旋律

风，在大地边缘

低低询问……

我感到

绿麦的骚动

河流柔软的滑行

托盘般微红的田地上

盈溢的芳香……

呵，南方

这是你的童年

也是我的梦幻

……

嗯，你喜欢笑

虽然没有醒

是找到了，板缝中

遗落的星星？

那僵硬的木疖

脱落着

变成花香和雾的涌泉

北风，和东方海的潮汐

在你的银项圈中

回旋，缓缓……

是父亲绵长的故事？

是母亲

不愿诉说的情感?

……

我走过

像稀薄的烟

穿过堂屋、明瓦

穿过松花石的孔隙

穿过一簇簇拘谨的修竹

没有脚印

没有步音

排门却像琴键

发出阵阵轻响:

……!——……!——

我知道了

我有两次生命

一次还没结束

一次刚刚开始

在你暂短的梦里

我走了

我走向四面八方——

走向森林

踏入褐菌的部落

走上弯弯曲曲的枝条和路

跃过巧妙起伏的丘陵

走向沙洲

走向大江般宽阔的思想

走向荆条编成的诗

藏进蜂窝、鸟巢

走向即将倒塌的古塔

烟囱，线架的触角

渗入山岳

——勇士的内心

潜入海洋——

永不停息的吻……

在你醒来时

一切已经改变

一切微小得令人吃惊

现实只是——

蛛网，青虾的细钳

还在捕捉夜雨的余滴

梦的涟漪……

我

将归来

已经归来!

踏上那一级级

阴凉温热的石阶

踏上玄武岩琢成的

圆桌的柱基

在小竹门外,在小竹门外

作为一个世界

把你等待

      1980年4月　于绍兴、上海

爱我吧,海

> 我没有鳃,
> 不能到海上去。
> ——阿尔贝蒂

爱我吧,海
我默默说着
走向高山

弧形的浪谷中
只有疑问
水滴一刹那
放大了夕阳?

爱我吧,海

我的影子
被扭曲

我被大陆所围困
声音布满
冰川的擦痕;
只有目光
在自由延伸
在天空
找到你的呼吸
风,一片淡蓝

爱我吧,海

蓝色在加深
深得像梦
没有边
没有锈蚀的岸

爱我吧,海

虽然小溪把我唤醒
树冠反复追忆着
你的歌
一切回到

最美的时刻；
蝶翅上
闪着鳞片
秋叶飘进叹息
绿藤和盲蛇
在静静缠绕……

爱我吧，海

远处是谁在走？
是钟摆
它是死神雇来
丈量生命的

爱我吧，海

城市
无数固执的形体
要把我驯化
用金属的冷遇
笑和轻蔑；
淡味的思念

变得苦了
盐在黑发和瞳仁中
结晶
但——

爱我吧，海

皱纹，根须的足迹
织成网
把我捕去
那浪的吻痕呢？

爱我吧，海
一块粗糙的砾石
在山边低语

        1980年4月　上海

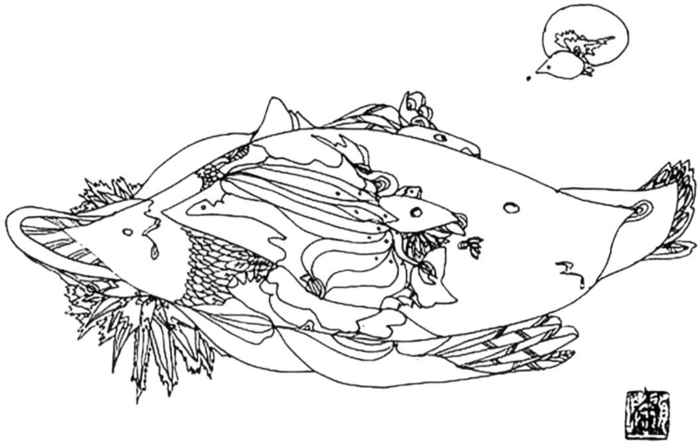

答应

你说我的信过于冰冷
你说我的心没有温存
是呵,热烈的青春早已逝去
只剩下漫长苍老的严冬

假如你爱的是太阳
请千万不要向我靠近
即使太阳也不能溶化幻灭
反而会失去灿灿的光轮

相信吧,永远相信
相信我的善意和年龄
梦醒时你可以见到月亮
那就是我从前的爱人

1980年6月

绿地之舞

绿地上,转动着,
恍惚的小风车,
白粉蝶像一片漩涡,
你在旋转中飘落,
你在旋转中飘落……

草尖上,抖动着,
斜斜的细影子,
金花蕾把弦儿轻拨,
我在颤音中沉没,
我在颤音中沉没……

呵,那触心的微芳,
呵,那春海的余波,

请你笑吧,请我哭吧,
为到来的生活!
为到来的生活!

　　　　　　　　　　　1980年6月

铜色的云
——给一位真正的诗人

你是时代的圣者
是从东方海岸升起的
铜色的云
透过空气中细碎的擦痕
你沉重地注视着
一切，沉默地爱着一切
——金红的岸，倾斜的帆
广大平原上缓缓滚动的泥土
那些村落：草的，羊毛的
黄土的，粉墙乌瓦的
那些纯朴的青年和老人
那些温热的妇女和孩子
那些不断生长
又不断收刈的生命
还有森林（像调得过浓的色块）
还有雪山——
始终清醒的思想
还有那些折光的

炫耀着无数彩虹的河流
还有那些椭圆的水库
与湖泊（只有你才能使用的镜子）
还有那荒弃的风车
潮波中悠悠翻舞的水母
还有那属于全人类的
太阳、月亮、星
还有属于季节的风……

你都注视着——
爱着，那么长久，那么坚定
终于，闪电爆发了
战栗的情感布满天空
天移位了！
冰凉的散发沾满泥水
你把泪，把血，把一切
压抑和错动的痛苦
全部泻下，不论是
南方、北方，还是风蚀的西方
土地溶化着，沸腾着
变成了液体，变成了海
固体已不复存在

万物都在流失，聚集，乞求，寻找
觅求自己的方向
非我的神像倾倒着
失去了色彩和光轮
菌在圣殿的柱基下吹胀
灰白的麻屑飘成一片
沙子展成了扇形
只有硬木的仙兽
做作而阴沉的鸱尾
还在吓人
大陆在漂移，大陆在浮动……

爱倾尽了，尽了
你成为至纯至洁的象征
那银色飘垂的长须
轻抚着所有劳动、思维、爱情
呵，多美，多美，多美！
夜静静的，像个黑孩子
含着水果糖似的月亮
睡了，任性的手，抓着城镇
像抓着一叠发光的新币
一架古老的挂表

梦的游丝还在颤动……
樟叶的泪是鲜红的
松针的泪是细小的
梧桐没有泪，它的叶子
刚刚长出，还不懂幸福
像一小片绿星星……
当然
下水管还在无休止地埋怨
朽坏的老草垛
还在追怀着自己的春天
但有什么呢？你的爱
早已浸透了人间
浸透了缠绕交错的根须
（强大的和细微的）
浸透了地层——整个生命的历史

我知道，在一个早晨
所有秀美的绿麦
所有形态的嘴角、叶片和花
都会渗出你稀有的笑容

1980年6月

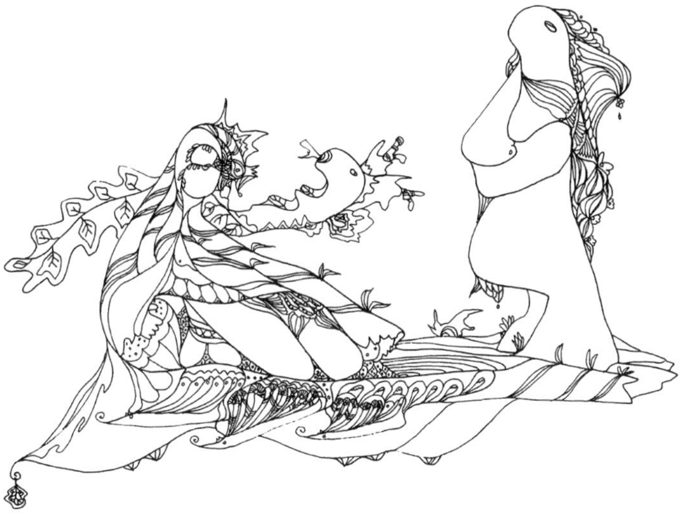

远和近

你
一会看我
一会看云

我觉得
你看我时很远
你看云时很近

1980年6月

赠别

今天
我和你
要跨过这古老的门槛
不要祝福
不要再见
那些都像表演
最好是沉默
隐藏总不算欺骗
把回想留给未来吧
就像把梦留给夜
泪留给大海
风留给帆

1980年6月

黑星

你看着我
那样看着
眼睛
像黑色的双星
不再运行

笔
停
在古老的诗行间
墨滴
缓缓流动

1980 年 6 月

避免

你不愿意种花
你说
"我不愿看见它
一点点凋落"
是的
为了避免结束
你避免了一切开始

1980年6月

我总觉得

我总觉得
星星曾生长在一起
像一串绿葡萄
因为天体的转动
滚落到四方

我总觉得
人类曾聚集在一起
像一碟小彩豆
因为陆地的破裂
迸溅到各方

我总觉得
心灵曾依恋在一起
像一窝野蜜蜂

因为生活的风暴

飞散在远方

　　　　　　　　　　　1980 年 6 月

解释

有人要诗人解释
他那不幸的诗
诗人就写了
一篇又一篇解说词
越写越被叫好诗

后来他去了广交会
发现那里全是诗
于是他当选了解说员
人人说他很称职

再没有人要他解释
他那有幸的诗

1980年6月

海云

灰色、银色的
云
从一排排舷窗口飘过
从一排排弹洞前飘过

水手说
你是海洋浪漫的女儿
在寻找帆
在寻找那单薄的情人

我却觉得
你是毁灭的烟
你是上一个生命世界
喑哑的灵魂

1980 年 7 月

泡影

两个自由的水泡,
从梦海深处升起……

朦朦胧胧的银雾,
在微风中散去。

我像孩子一样,
紧拉住渐渐模糊的你。

徒劳地要把泡影,
带回现实的陆地。

1980 年 7 月

迷失在落叶下的孩子

叶落了
是小杨树的画片
在飞散……
生命
那漂亮的绿漆
渐渐脱下
显露出古老的金黄
从镇上来的风
把它收集在一起
用暗蓝的宽袖
抚来抚去

今夜
这里睡着两个孩子
七岁的是姐姐
三岁的是弟弟
青黑色的远处

湖水扭动着
吸盘
像要把谁捉去?
在不等距的树隙里
天空发出簧的低响
是规劝

弟弟走不动了
关节像粒青豌豆
家也不会走来
姐姐的耳边
有一个小痣
一只蚂蚁
一颗黑星星
她的塑料鞋里
灌满细细的砂
发着热
想着阳光

爸爸默默地走过

哑影子

粘着所有树根

被拉得又细又长

它找到了

孩子

却无法说话

被弯得很圆的电

是妈妈的车

一闪

就飞逝了

最高处的叶片

手心盛满露水

一不小心

就洒了

无数叶子又来接它

又来接它

只有一滴落在姐姐鼻尖

有点痒

她笑了

她能背动弟弟了
告诉妈妈、爸爸：
在大月亮的夜里
知了也会叫呢

        1980 年 7 月

听

　　海洋在挥霍它的伟力
　　——你在听；
　　火山在倾吐它的热恋
　　——你在听；
　　夏蝉在打磨它的曲调
　　——你在听；
　　诗人在嘲笑所有嘲笑
　　——你在听……

终于失望了，
并没听到你的回声。

1980 年 7 月

感觉

天是灰色的
路是灰色的
楼是灰色的
雨是灰色的

在一片死灰之中
走过两个孩子
一个鲜红
一个淡绿

1980 年 7 月

睡莲

在绿影的摇荡中
你梦着
使最纯的云朵
都显得陈旧

不是雕栏
不是晴空闪过的长窗
不是蜜蜂的低语
或彩蝶礼貌的吻

是颗晶亮的水珠吧
它被石子溅起
石子来自海岸
曾装在一个顽童的兜里

1980 年 8 月

译者的形象[1]

在你宽阔的脑海里
飘扬着无尽的旗帜和帆

它们通过你笔隙的海峡
——驶向东方海岸。

1980 年 8 月

---

[1] 标题初为《傅雷的形象》。

在戈壁，我成了游牧者

在戈壁

我成了游牧者

走向被云朵沾湿的土地

春天的绿颜色

泅开又消失

含砂的太阳

在不停打磨

必须像青铜

对幻觉保持沉默

再无法停步了

因为有风

云就没有定居的可能

河流爬过的路

只剩一片苦涩

但生命呢
仍要继续,要活
在戈壁
我成了游牧者

1980 年 8 月

在淡淡的秋季

在淡淡的秋季
我多想穿过
枯死的篱墙,走向你
在那迷蒙的湖边
悄悄低语
唱起儿歌
小心地把雨丝躲避

——生命中只有感觉
生活中只有教义
当我们得到了生活
生命便悄悄飞离
像一群被打湿的小鸽子
在雾中
失去踪迹

不,不是这支歌曲

在小时候没有泪

只有露滴

每滴露水里

都有浅红色的梦——

当我们把眼睛微微闭起

哦,在暗淡的秋季

我没有走向你

没有唱,没有低语

我沿着篱墙

向失色的世界走去

为明天的歌

能飘在晴空里

1980 年 8 月

信念

土地上生长着信念
有多少秋天就有多少春天
是象就要长牙
是蝉就要振弦
我将重临这个世界
我是一道光线
也是一缕青烟

1980 年 8 月

赠舒婷

冬日的阳光
轻抚着民主墙

木棉在无声地燃烧
橡树散发着喧响

一阵阵海的温情
把我带向南方

1980 年 8 月

大写的"我"

我直视着太阳

直视着明利的晨光

仿佛一把把宽刃的匕首

在旋转中逼近

彩色犹疑的梦,纯蓝的颜色

都使我吃惊

金属没有幻想吗?

鲜血没有思念吗?

呵,我要跑,要叫

要一动不动地

看大海怎样遮去一半陆地

那润滑发凉的愉快

和燥热的朦胧,交替升起

迫使我,踏过山脉

像踏过错乱的琴键

每一步都有意外的回音

金黄的向日葵花瓣

纷纷落下,像敞开的音符

像皇族的溃灭

一支乐曲消失了

消失在青灰的走廊尽头

消失在时空里

但我却因为注视

而吸收了太阳

(真的,天空只留下一个

被称为月亮的白印)

巨大的能,使我上升

沿着断断续续

绿绒线一样的江岸

沿着一条无形的天轨

情感的热力

在向四面飞敞

亮紫色的天幕起伏不定

固体在熔化

向我涌来,飞溅的

不是波浪,是云

是无边无际的拥抱、亲吻

由于蓬松的幸福
我被分散着，变成了
各种颜色、形体、元素
变成了核糖核酸、蛋白
——纠缠不清的水藻
轻柔而恐怖的触丝
鱼和蛙在游动中
渐渐发育的脊骨
无数形态的潜伏、冬眠
由于追逐和奔逃
所产生的曲线
血的沸热和冷却

哦，我嘲笑死
嘲笑那块破损的帷幕
它不能结束我的戏剧
我是人
分布在狭长的历史上
分布在各个大陆
彩色的岩石上
河流使我的歌悠久
地震使我的骨骼不断扩展

雨云使我的头发湿润

我是黑色的男孩

偷戴上熟铁的脚镯

我是棕色的少女

擦拭着陶瓶的细颈

我忽而又是雪白的老人

在疑问的网中安息

我是金黄的

像丰收的钟

像碧叶下成熟的橘子

像麦秸的光辉

像突然闪动炮火的海岸

我是金黄的

我的信念

在粗糙的碑石上熔化

使纯金一样不朽的历史

注视着每片黄昏

也许,我会沉默

因为一个已经临近的时刻

我将像太阳般

不断从莫测的海渊中升起

用七种颜色的声音

告诉世界

告诉重新排列的字母和森林

东方——不再属于传说

1980年8月

海滩

海,竟像一个小贩
把什物摆满沙滩

起伏有序地叫卖
推送着重复的情感

从内陆来的孩子呀
请千万不要受骗

那只是梦的结石
那只是心的残片

1980 年 9 月

我的信念

　　由于漫长的等待
　　我的心已不那么年轻

　　再不愿用泪去擦洗
　　圣坛上庸人的脚印

　　但我仍要坚持
　　向着纯美和永恒

　　不论是幸福的死
　　还是痛苦的生

1980 年 9 月

夕阳

曲曲折折的
夕光
躲过楼群
落在地上

细长的姑娘
发卡闪亮

有多少衣裳
半干半湿
还在阴影里
盼望

早熟的小灯
像金橘一样

下班了

车铃在唱

小心

那片磨损的碎砖

刚画出

孩子的想象

        1980年9月

我的诗

我的诗
不曾写在羊皮纸上
不曾侵蚀
碑石和青铜
更不曾
在沉郁的金页中
划下一丝指痕

我的诗
只是风
一阵清澈的风
它从归雁的翅羽下
升起
悄悄掠过患者
梦的帐顶
掠过高烧者的焰心
使之变幻

使之澄清

在西郊的绿野上

不断沉降

像春雪一样洁净

消融

      1980 年 9 月

再见

你默默转向一边
转向夜晚

夜的深处
是密密的灯盏

它们总在一起
我们总要再见

再见
为了再见

1980 年 10 月

简历

我是一个悲哀的孩子
始终没有长大

我从北方的草滩上
走出,沿着一条
发白的路,走进
布满齿轮的城市
走进狭小的街巷
板棚,每颗低低的心

我在一片淡漠的烟中
继续讲绿色的故事

我相信我的听众
——天空,还有
海上迸溅的水滴
它们将覆盖我的一切

覆盖那无法寻找的
坟墓，我知道
那时，所有的草和小花
都会围拢，在
灯光暗淡的一瞬
轻轻地亲吻我的悲哀

       1980年10月

不要说了,我不会屈服[1]

不要说了
我不会屈服

虽然我想生存
想稻谷和蔬菜
想用一间银白的房子
来贮藏阳光
想让窗台
铺满太阳花
和秋天的枫叶
想在一片静默中
注视鸟雀
让我的心也飞上屋檐

---

[1] 《诗刊》发表时曾加引题:在即将崩塌的死牢里,英雄这样回答了敌人——

不要说了
我不会屈服

虽然我渴望爱
渴望穿过几千里
无关的云朵
去寻找那条小路
渴望在森林和楼窗间
用最轻的吻
使她睫毛上粘满花粉
告别路灯
沿着催眠曲
走向童年

不要说了
我不会屈服

虽然我需要自由
就像一棵草
需要移动身上的石块
就像向日葵
需要自己的王冠

我需要天空
一片被微风冲淡的蓝色
让诗句渐渐散开
像波浪那样
去传递果实

但是,不要说了
我不会屈服

         1980 年 10 月

远古的小船

千百年前,一只小船驶进塞纳河。

它疲倦了,在河心的小岛边停泊下来。

于是,小岛获得了一个渔村,一个形象的名字——水上之屋。

巴黎,就是水上之屋的儿子。它的市徽就是一只远古的小船……

一

波浪传递着我的生命
传递着
不愿沉没的阳光
那掌心中温和的力量
使我前进
分开海和天空
去结识善良的沙洲
以及怪癖的礁石

穿过海峡——那两个大陆
渐渐关闭的嘴唇
在最短的夜里
把一颗颗希望着的心
送给等待的眼睛

二

海狮好奇地
从极地游来
后面还有美丽的虎鲨
它朦胧的斑纹正在扩大
章鱼在强烈地拥抱后
又惶惶退去
使惊散的小鱼闪烁不定
只有凿船贝坚持着它的爱
在蜜吻中露出了牙齿
对于这些
我只有沉默
用傲慢或谦卑
来等待厌弃

三

  我知道海的心情
  知道它宽容的原因
  墨色的暖流
  从珊瑚林中涌出
  邀请那透明的冰水
  去参加舞会
  无数神秘的感知
  诞生又泯灭
  游动的和固着的生命
  一代又一代潜入岩石
  它们用自己骨骼的图案
  装饰着时间
  使海的记忆成为一个象征

四

  一群群华贵的云朵
  从天际走来
  银灰色的裙裾连成一片
  在这骄盈的阶层下

我张开帆

张开所有索寻的手

我不是在求乞

它们并不足以

引起我的注意

我询问的

只是那些清贫的风

它们从森林中来

知道我同伴的消息

五

是的

我怀念那些同伴

正直的红松和白松

我们曾在天池边聚集

俯看着飞鸟

一起唱歌

最古老的月亮

都变成了孩子

和新生的菌子在绿梦中猜谜

呵,你们也许一生都在欢聚

直到雷火降临

你们的灾难是升上天庭

而我的不幸却是沉入海底

六

也许我会安然地

到达晚年

告别流浪的宿命

在纤绳礼貌的引导下

驶入脉脉含情的内河

也许还有一小片沙洲

可供我俯卧

让阳光砭除痛苦的风湿

也许还有一对忘记世界的恋人

向我热烈地走来

搬动彩色的巨石

把我架起

在我的覆盖下安息

七

暴风雨瘫软了

躺在粗砂铺成的水洼里

一缕炊烟告诉天空

告诉所有向往天空的生命

我是屋顶

我仍在航行

但运载的已不是希望之花

而是在幸福中膨胀的果实

我在天海中航行

在生命的沿岸停泊

许多赤裸的孩子将从窗门间涌出

跳进阳光

和活泼的小蟹开始嬉戏

1980年11月

我们去寻找一盏灯

走了那么远
我们去寻找一盏灯

你说
它在窗帘后面
被纯白的墙壁围绕
从黄昏迁来的野花
将变成另一种颜色

走了那么远
我们去寻找一盏灯

你说
它在一个小站上
注视着周围的荒草
让列车静静驰过
带走温和的记忆

走了那么远
我们去寻找一盏灯

你说
它就在大海旁边
像金橘那么美丽
所有喜欢它的孩子
都将在早晨长大
走了那么远
我们去寻找一盏灯

1980年11月

我知道了,什么是眼泪

我知道了
什么是眼泪

雨水
在荷叶的掌心滑动
浸湿了小手帕
使上面的花朵
变得鲜艳
蜜蜂,用鼻子唱歌
从一叠叠建筑中飞出
拿着透明的小桶
它要结婚
要在月亮们到来之前
洗刷新房的墙壁

我知道了
什么是眼泪

小溪

忘记了路标

在一阵微笑中

跌得粉碎

惊魂不定的水母

都游进深夜

海洋里没有声音

没有任何猜测

有多少星星

有多少星星溅起的水泡

就有多少生命

我知道了

什么是眼泪

乌云

一片又一片黑帆

放射着闪电

追赶浪花

在洗劫的路上

撒满天真的种子

耕耘的季节已经过去

沙地上
蝶鱼的眼睛半闭半睁
不知痛苦的贝壳说
我要心

我知道了
什么是眼泪

1980 年 12 月

1981

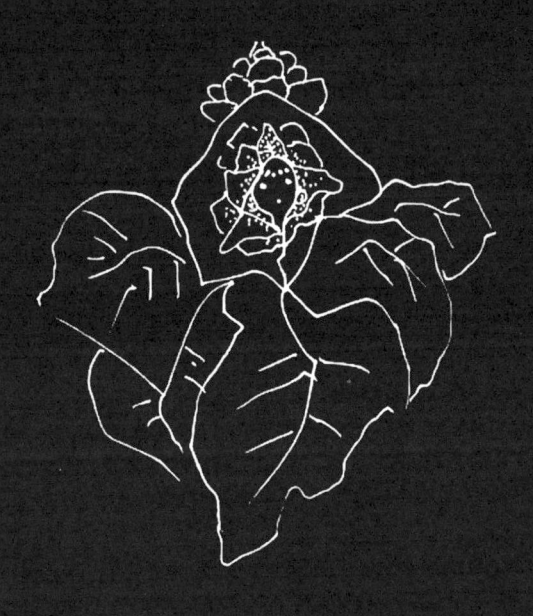

我是一个任性的孩子 ★

—— 我想在大地上画满窗子
  让所有习惯黑暗的眼睛
  都习惯光明

也许
我是被妈妈宠坏的孩子
我任性

我希望
每一个时刻
都象彩色蜡笔那样美丽
我希望
能在心爱的白纸上画画
画出笨拙的自由
画下一个永远不会
流泪的眼睛
 一片天空
 一片属于天空的羽毛和树叶
 一个淡绿的夜晚和苹果

我想画下早晨
画下露水

无名草

一

　　北风把云吹到我脸上
　　凉凉的
　　使人回想
　　在那些蓝色的空隙里
　　有翻造雪山的场地

二

　　石膏的女神诞生了
　　草原消失着
　　丘陵汹涌不定
　　羊群和狼
　　开始在共同的星空下狂奔

三

在冰雹的践踏中
在沙的暴乱中
在仙人掌强悍的刺激中
我的花
枯成一团

四

我的影子被匆匆掩埋
雪停了
月亮被丢在尽头
几位劣等铜匠
把它打得凸凹不平

五

在无法平整的区域里
一条小河
走近我
告诉我关于春天的故事

我悄悄拥抱了黑土地

六

我有紫色的叶子
也有绿色的
我要用黄昏的日光
铸成崭新的花冠
表示——我统治自己

七

在光润的岸边
有饮水的声音
有牧人的白毡房
那里有一对银耳环
轻轻一碰

八

没有人批准我的诞生
我没有名字

我年轻

我将把爱情的花粉

献给第一只野蜂

                        1981 年 1 月

回归（一）

不要睡去，不要
亲爱的，路还很长
不要靠近森林的诱惑
不要失掉希望

请用凉凉的雪水
把地址写在手上
或是靠着我的肩膀
度过朦胧的晨光

撩开透明的暴风雨
我们就会到达家乡
一片圆形的绿地
铺在古塔近旁

我将在那儿
守护你疲倦的梦想

赶开一群群黑夜

只留下铜鼓和太阳

在古塔的另一边

有许多细小的海浪

悄悄爬上沙岸

收集着颤动的音响……

1981 年 1 月

土地是弯曲的

土地是弯曲的
我看不见你
我只能远远看见
你心上的蓝天

蓝吗？真蓝
那蓝色就是语言
我想使世界感到愉快
微笑却凝固在嘴边

还是给我一朵云吧
擦去晴朗的时间
我的眼睛需要泪水
我的太阳需要安眠

1981年1月

雪下大了

雪下大了,真大
藏起岩石的小塔
塔中的烛火悄悄熄灭
冷风吹皱了熔蜡

凝结的天空多么沉重
却没有机会崩塌
被吸引的大地轻轻升起
接住每一片雪花

雪幕上有几个破洞
那是打湿的乌鸦
疲倦不堪的驼铃声
就在它身边悬挂

还是让门铃歌唱吧
把太阳带回家
我们是夏天的爱人
冬天只是一个童话

1981 年 2 月

我是一个任性的孩子

——我想在大地上画满窗子
让所有习惯黑暗的眼睛
都习惯光明

也许
我是被妈妈宠坏的孩子
我任性

我希望
每一个时刻
都像彩色蜡笔那样美丽
我希望
能在心爱的白纸上画画
画出笨拙的自由
画下一只永远不会
流泪的眼睛
一片天空

一片属于天空的羽毛和树叶

一个淡绿的夜晚和苹果

我想画下早晨

画下露水所能看见的微笑

画下所有最年轻的

没有痛苦的爱情

画下想象中

我的爱人

她没有见过阴云

她的眼睛是晴空的颜色

她永远看着我

永远,看着

绝不会忽然掉过头去

我想画下遥远的风景

画下清晰的地平线和水波

画下许许多多快乐的小河

画下丘陵——

长满淡淡的茸毛

我让它们挨得很近

让它们相爱

让每一个默许

每一阵静静的春天的激动

都成为

一朵小花的生日

我还想画下未来

我没见过她,也不可能

但知道她很美

我画下她秋天的风衣

画下那些燃烧的烛火和枫叶

画下许多因为爱她

而熄灭的心

画下婚礼

画下一个个早早醒来的节日——

上面贴着玻璃糖纸

和北方童话的插图

我是一个任性的孩子

我想涂去一切不幸

我想在大地上

画满窗子

让所有习惯黑暗的眼睛

都习惯光明

我想画下风

画下一架比一架更高大的山岭

画下东方民族的渴望

画下大海——

无边无际愉快的声音

最后，在纸角上

我还想画下自己

画下一只树熊

他坐在维多利亚深色的丛林里

坐在安安静静的树枝上

发愣

他没有家

没有一颗留在远处的心

他只有，许许多多

浆果一样的梦

和很大很大的眼睛

我在希望

在想

但不知为什么

我没有领到蜡笔

没有得到一个彩色的时刻

我只有我

我的手指和创痛

只有撕碎那一张张

心爱的白纸

让它们去寻找蝴蝶

让它们从今天消失

我是一个孩子

一个被幻想妈妈宠坏的孩子

我任性

1981年3月

雨（二）[1]

人们拒绝了这种悲哀

向天空举起彩色的盾牌

1981 年 3 月

---

[1] 1973 年诗档中收有作者的另首《雨》，此处编者加"（二）"以区别。

我们相信
——给姐姐[1]

那时
我们喜欢坐在窗台上
听那筑路的声音

夏天,没有风
像夜一样温热的柏油
粘住了所有星星

砰砰,砰砰……

我们相信
这是一条没有灰尘的路
也没有肮脏的脚印

我们相信

---

1 发表时副题曾写为"——给姐姐和同代人"。

所有愉快的梦都能通过
走向黎明

我们相信
在这条路上,我们
将和太阳的孩子相认

我们相信
这条路的骄傲
就是我们的一生

我们相信
把所有能够想起的歌曲
都唱给它听……

砰砰,砰砰……

呵,那时,曾经
我们坐在窗台上
听那筑路的声音

1981 年 3 月

给恩斯特[1]

在古老的
粗瓷一样亲切的
城堡上
画下圆形的月亮
旁边是细长的叶子
和巨大的蓝色花环

沿着那些台阶回想
我走向
最明亮的悲伤

1981年4月

---

[1] 发表时作者曾加注：恩斯特是德国著名画家，他致力于记录梦境世界的美感。

我的墓地

我的墓地
不需要花朵
不需要感叹或嘘唏
我只要几棵山杨树
像兄弟般
愉快地站在那里
一片风中的绿草地
在云朵和阳光中
变幻不定

1981 年 4 月

你的心,是一座属于太阳的城市

最初
我爱你的眼睛
它那样大,那样深
我相信
在那黑玻璃一样
莫测的夜里
一定
一定安息着幻梦的鱼群

现在
我已看不见你的眼睛
就像穿过透明的夜
到达了黎明
你的心
是一座属于太阳的城市
巨大的光环
飘浮不定

我走过

喷泉,和黄金的屋顶

阳光在泪中颤抖

渐渐聚成火星

我低低地喊着

把我烫伤,把我焚烧干净

我要在火焰的心里

变成光明

呵,天蓝色的世界

真美,真轻

鸽子降临了

像一阵雪白的暴风

你灵魂的塔尖上

挂满小小的风铃

我将在那里摇响

永远不停

1981 年 4 月

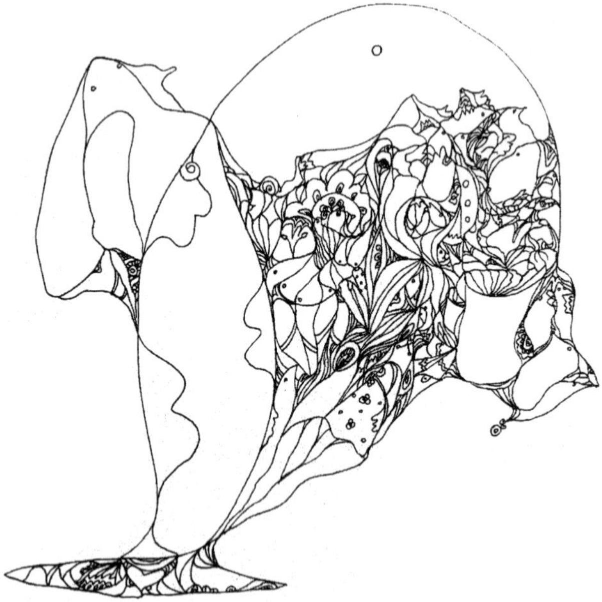

草原

墨色的草原
融化着
染黑了透明的风

月光却干干净净

被困惑收拢着
银亮的羊群
一动不动

让我看看你

你的眼睛
在熟悉的夜里
为什么还是那样陌生

1981年4月

自信

你说
再不把必然相信
再不察看指纹
攥起小小的拳头
再不相信

眯着眼睛
独自在落叶的路上穿过
让那些悠闲的风
在身后吃惊

你骄傲地走着
一切已经决定
走着
好像身后

跟着一个沮丧得不敢哭泣的
孩子
他叫命运

        1981年4月

给一颗没有的星星[1]

你为什么总在看我
你是孤独的
你没有天鹅星那么美丽
没有那么众多的姐妹
从诞生起就是这样
这不是你的过错

然而,我是有罪的
我离开了许多人
也许是他们离开了我
我没有含笑花
没有分送笑容的习惯
在圣人面前经常沉默

---

[1] 诗题曾写为"给一颗想象的星星"。发表与结集时两个题目均有。此以作者1993年所编《海篮》集为准。

沉默,像一朵傍晚的云
我不知道
不知道你要什么,真的
合欢树又遮住一小半天空
猜吧,还有许多夜晚
"我需要你不再孤独"

　　　　　　　　　1981年6月

我的心爱着世界

我的心爱着世界
爱着,在一个冬天的夜晚
轻轻吻她,像一片纯净的
野火,吻着全部草地
草地是温暖的,在尽头
有一片冰湖,湖底睡着鲈鱼

我的心爱着世界
她溶化了,像一朵霜花
溶进了我的血液,她
亲切地流着,从海洋流向
高山,流着,使眼睛变得蔚蓝
使早晨变得红润

我的心爱着世界
我爱着,用我的血液为她
画像,可爱的侧面像

金玉米和群星的珠串不再闪耀
有些人疲倦了，转过头去
转过头去，去欣赏一张广告

1981 年 6 月

给我逝去的老祖母（一）

终于
我知道了死亡的无能
它像一声哨
那么短暂
球场上的白线已模糊不清
昨天，在梦里
我们分到了房子
你用脚擦着地
走来走去
把自己的一切
安放进最小的角落

你仍旧在深夜里洗衣
哼着木盆一样
古老的歌谣
用一把断梳子
梳理白发

你仍旧在高兴时
打开一层一层绸布
给我看
已经绝迹的玻璃纽扣
你用一生相信
它们和钻石一样美丽

我仍旧要出去
去玩或者上学
在拱起的铁纱门外边
在第五层台阶上
点燃炉火,点燃炉火
鸟兴奋地叫着
整个早晨
都在淡蓝的烟中飘动

你围绕着我
就像我围绕着你

1981 年 6 月

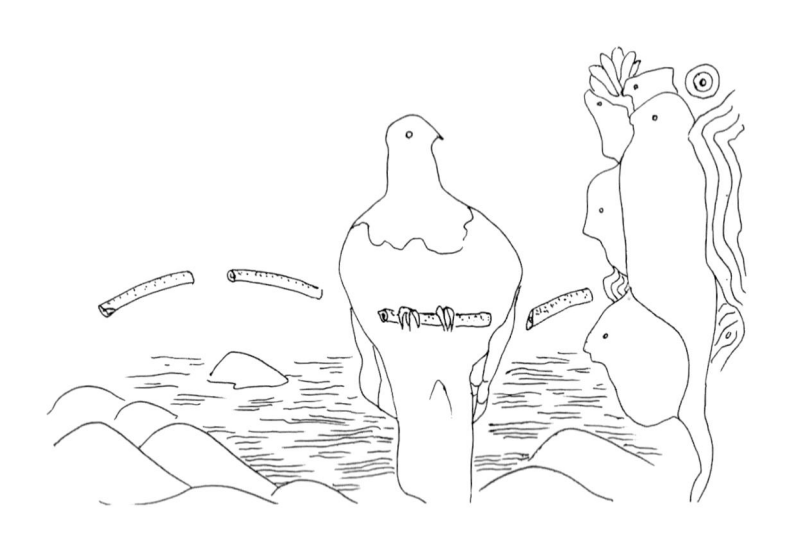

还记得那条河吗

还记得那条河吗?
她那么会拐弯
用小树叶遮住眼睛
然后,不发一言
我们走了好久
都没问清她从哪来
最后,只发现
有一盏可爱的小灯
在河里悄悄洗澡

现在,河边没有花了
只有一条小路
白极了,像从大雪球里
抽出的一段棉线
黑皮肤的树

被冬天用魔法
固定在雪上
隔着水，他们也没忘记
要相互指责

水，仍在流着
在没人的时候
就唱起不懂的歌
她从一个温暖的地方来
所以不怕感冒
她轻轻呵气
好像树杈中的天空
是块磨砂玻璃
她要在上面画画

我不会画画
我只会在雪地上写信
写下你想知道的一切
来吧，要不晚了
信会化的

刚懂事的花会把它偷走
交给吓人的熊蜂
然后,蜜就没了
只剩下那盏小灯

        1981年6月

希望的回归

——赠舒婷

再没有了

巨大的西南风
已经登陆
已经覆盖了水鸟的天空
在海上
黄昏摇动着
波浪一点点,仔细地
卷起了不幸的帆
缺乏表情的马面鱼
未经允许
就游进了船的颅骨
它们分币一样圆圆的眼睛
使人不能不想起
一群客商

再没有了

人们手上的灯
已经变成了小甲虫
在黑暗中飞散
最后一只等待的蜡烛
也忽然昏倒在地
引起了一片惊喜的叫喊
引起了一阵大火
最后，怕黑的孩子
为了恐怖发出一声怪叫
他们逃回家了
把火石藏在揉皱的梦里
哼催眠曲的妈妈
关上了百叶窗

再没有了

海变了，变得很黑
乌贼的阴谋
正在高空扩展
海鸥继续叫着
继续用尖厉的声音
刺激渐渐逼近的乌云

只有森林不能飞去
它受伤了
它被可怕的轰响击落在地上
痛苦地拍打着羽毛
它不能飞去
一棵失常的棕榈树
想去轰炸天空

再没有了

没有了,没了!
是吗?回答我!
土地温热地一闪
"会有的"
你出现了
你用低低的歌声回答
闪电的河流抽搐一下
又在寂寞中消失
"还会有的"你说
好像世界是一个黑孩子
已经哭够了
你哄着他,像大姐姐一样

抚平了他冰凉的卷发

"还会有的"

你在他耳边轻轻地说
世界放心了
睡了，失去妈妈的小鸟
也挤成一团，睡了
海靠在礁石的肩上
睡了，车站静静的
静静的……
在遥远的地方
荒凉的小星星却开始跋涉
它要走近
百叶窗前的那片草地
它要和悄悄的小草一起
学习哑语

"会有的，会的"

世界会在
一个洁净的早晨醒来

他会长大

眼睛闪着蔚蓝的光芒

他会像成年人一样微笑

会的,在窗外

将有一轮轮太阳停泊

温顺地停在港口外面

东方,一点一点红了

红了,她看见了世界

她是个女孩子

她爱了

在湿湿的荆棘上将布满花朵

不用再问

希望已经归来

1981 年 7 月

在这宽大明亮的世界上

在这宽大明亮的世界上
人们走来走去
他们围绕着自己
像一匹匹马
围绕着木桩

在这宽大明亮的世界上
偶尔,也有蒲公英飞舞
没有谁告诉他们
被太阳晒热的所有生命
都不能远去
远离即将来临的黑夜
死亡是位细心的收获者
不会丢下一穗大麦

1981年7月

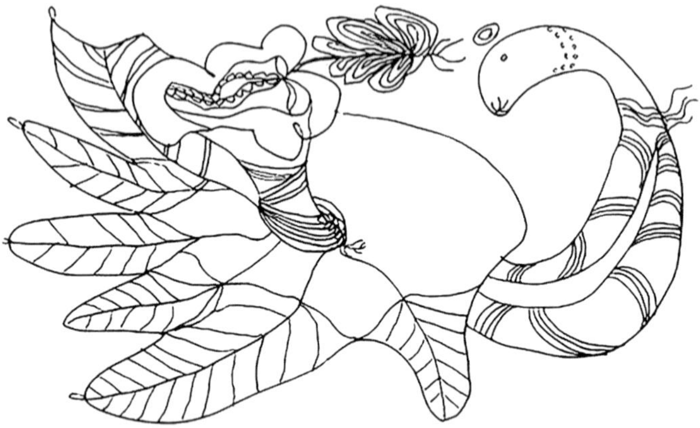

回归(二)

也许,我们就要离去
离开这片
在东方海洋中漂浮的岛屿
我们把信
留下
转动钥匙
锁进暗红色的硬木抽屉
是的,我们就要离去

我们将在晨光中离去
越过
年老的拱拚
和用石板拼成的街道
我们要悄悄离去
我们将在
静默的街道尽头,海边
在浅浅的蓝空气里

把钥匙交给
一个
喜欢贝壳的孩子
把那个被锉坏牙齿的铜片
挂在他的细颈子上
作为美
作为装饰

不,不要害怕
孩子,它不是痛苦的十字
不是
当你戴着它
再度过三千个
潮水喧哗的早晨
你就会长大
就会和你的女伴一起
小心地踏上木梯
在一片安静的灰尘中
找到
我们的故事

1981 年 8 月

不是再见

我们告别了两年
告别的结果
总是再见
今夜,你真要走了
真的走了,不是再见

还需要什么?
手凉凉的,没有手绢
是信么?信?
在那个纸叠的世界里
有一座我们的花园

我们曾在花园游玩
在干净的台阶上画着图案
我们和图案一起跳舞
跳着,忘记了天是黑的
巨大的火星正在缓缓旋转

现在,还是让火焰读完吧
它明亮地微笑着
多么温暖
我多想你再看我一下
然而没有,烟在飘散

你走吧,爱还没有烧完
路还可以看见
走吧,越走越远
当一切在虫鸣中消失
你就会看见黎明的栅栏

请打开那栅栏的门扇
静静地站着,站着
像花朵那样安眠
你将在静默中得到太阳
得到太阳,这就是我的祝愿

1981 年 10 月

那是冬天的黄土路

那是冬天的黄土路
路边堆积着卵石
尘土在淡漠的阳光中休息
在寒冷中保持着体温
我们走累了
你说：看不见那幢空房子
也许没有，我们坐一下吧
这里有一个土坎

我熟悉土坎上的干草
它们折断了
献出了仅有的感情
它们告诉我
在夜里，一切都会改变
最善良的风也会变成野兽
发出一声声荒野的嚎叫
它们说：别坐得太久

然而,你睡着了
很轻地靠在我的肩上
你棕色的头发在我的胸前散开
静静散开
疲倦得忘记了飘动
太阳,太阳不能再等了
同情的目光越来越淡
我失去了把你唤醒的语言

那是冬天的黄土路
黑夜开始在阴影中生长
第一颗星星没有哭泣
它忍住了金黄的泪水
你轻轻靠在我肩上
在我不会冷却的呼吸里
你嘴唇抖动,在梦中诉说
我知道,那是请妈妈原谅

1981 年 10 月

是谁在说,黄昏

是谁在说,黄昏
黄昏,用玻璃糖纸的声音

来过节的朋友们
已经下山了
被洗净的石子路
使人想到海的轰鸣
下山了,各种年龄的手
都拿着鲜红的叶子
都在蜻蜓的翅膀后
明确地说着什么
空气,脆弱而透明

是谁在说,黄昏
黄昏,用远处掘地的声音

年老的苹果树
不说话了

巨大的陵墓和山群
一起,在倾斜的光亮中
滑动,影子像墨色的松
紧带,被时间拉长
被固定在制作陶器的圆盘上
没有断裂,没有勇敢的瞬间
没有英雄

是谁在说,黄昏
黄昏,用杯子移动的声音

表演了一天的世界
该卸妆了
一点点洗去鲜血和花粉
再没有悲剧,没有了
观众,最后一个小孩
绿颜色的,从远处跑来
蹦跳一下,站住
等她的弟弟
她的微笑像她的母亲

1981 年 10 月

噢,你就是那棵橘子树

噢,你就是那棵
橘子树
你曾在暴雨中哭过
在风中惊慌地叫喊
你曾在积水中
端详过自己
不知为什么,向南方伸出
疲倦的手臂
让各种颜色的鸟
落在肩上

你曾有朱红的果子
它爱过太阳
还有淡青色调皮的果核
落在群星中间
你还有
那么多完美的叶子

她们只谈论你
像是在说不曾归来的父亲
直到怀念和想象
一起，飘向土地

在最后的秋天
她们都走了
天空收下了鸟群
泥土保存着树根
一个不洗头的小伙子
和钢锯一起唱歌
唱着歌，你倒下
变得粗糙和光润
变得洁净
好像情人凉凉的面颊

你也许会
变成棺木，涂满红漆
变成一只灌满
雨水的小船
告别褪色的芦苇和岸
在最平静的痛苦中

远去,你也许

会漂很久

漂到太阳在水中熄灭

才会被青蛙们发现

你也许并没有遇见

那么潮湿的命运

你只被安放在

屋子中间,反射着灯光

四周是壁毯、低语

和礼貌的大笑

在一个应当纪念的晚上

你的身上

蹦跳着

穿着舞蹈服装的喜糖

你应当记住那个晚上

记住呼吸和梦

记住欢乐是怎样

在哭喊中诞生

一只可爱的小手

开始握笔

开始让学走路的字

在纸上练习排队

开始写下

妹妹,水果和老祖父的名字

老祖父已经逝去

只有你知道

在那个蓝色的傍晚

他是怎样清扫过

和他头发一样

雪白的锯末

他细细地扫着

大扫帚又轻又软

轻轻落下,好像是

母鸵鸟遮挡幼鸟的羽毛

他扫着,注视着倒下的你

默想着第一次

见到你的时刻

那时,他可能也在

默写生字,咬着笔

看着窗外,那时

你第一次在这片
红土地上快乐地站着
叶子又细又小
充满希望

        1981年12月

1982

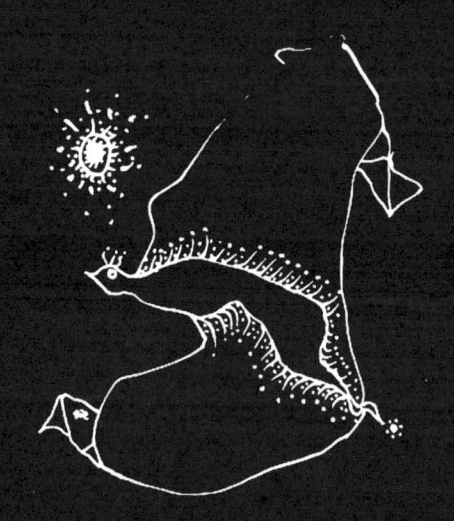

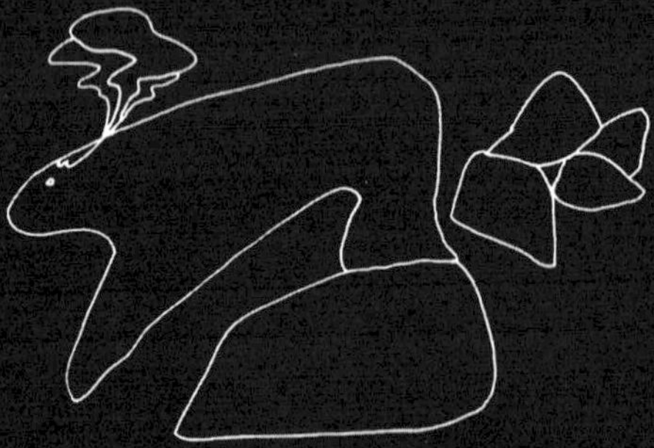

在大风暴来临的时候

在大风暴来临的时候
请把我们的梦,一个个
安排在靠近海岸的洞窟里
那里有熄灭的灯和石像
有玉带海雕留下的
白绒毛,在风中舞动
是呵!我们的梦
也需要一个窠了
一个被太阳光烘干的
小小的,安全的角落

该准备了,现在
就让我们像企鹅一样
出发,去风中寻找卵石
让我们带着收获归来吧
用血液使他们温暖
用灵魂的烛火把他们照耀

这样我们才能睡去——
永远安睡,再不用
害怕危险的雨
和大海变黑的时刻

这样,才能醒来,他们
才能用喙啄破湿润的地壳
我们的梦想,才能升起
才能变成一大片洁白
年轻的生命,继续飞舞,他们
将飞过黑夜的壁板
飞过玻璃纸一样薄薄的早晨
飞过珍珠贝和吞食珍珠的海星
在一片湛蓝中
为信念燃烧……

1982 年 1 月

我的一个春天

木窗外
平放着我的耕地
我的小牦牛
我的单铧犁

一小队太阳
沿着篱笆走来
天蓝色的花瓣
开始弯曲

露水害怕了
打湿了一片回忆
受惊的腊嘴雀
望着天极

我要干活了
要选梦中的种子

让它们在手心闪耀

又全部撒落在水里

        1982年2月

爱的日记

我好像,终于
碰到了月亮
绿的,渗着蓝光
是一枚很薄的金属纽扣吧
钉在浅浅的天上

开始,开始很凉

漂浮的手帕
停住了
停住,又漂向远方
在棕色的萨摩亚岸边
新娘正走向海洋

不要,不要想象

永恒的天幕后

会有一对鸽子

睡了,松开了翅膀

刚刚遗忘的吻

还温暖着西南风的家乡

没有,没有飞翔

1982 年 2 月

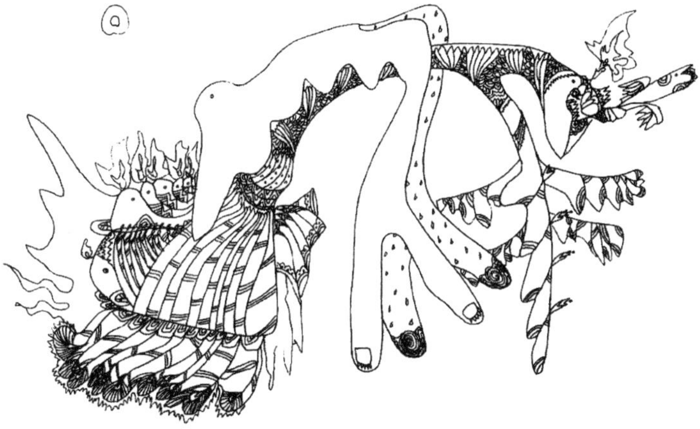

等待黎明

这一夜
风很安静
竹节虫一样的桥栏杆
悄悄爬动着
带走了黄昏时的小灌木和
他的情人

我在等

钟声
沉入海洋的钟声
石灰岩的教堂正在岸边溶化
正在变成一片沙土
在一阵阵可怕的大暴雨后
变得温暖而湿润

我等

我站着
身上布满了明亮的泪水
我独自站着
高举着幸福
高举着沉重得不再颤动的天空
棕灰色的圆柱顶端
安息着一片白云

最后
舞会散了
一群蝙蝠星从这里路过
她们别着黄金的胸针
她们吱吱地说:
你真傻
灯都睡了
都把自己献给了平庸的黑暗
影子都回家了,走吧
没有谁知道你
没有谁需要
这种忠诚

等

你是知道的
你需要
你亮过一切星星和灯
我也知道
当一切都静静地
在困倦的失望中熄灭之后
你才会到来
才会从身后走近我
在第一声鸟叫醒来之前
走近我
摘下淡绿色长长的围巾

你是黎明

1982 年 2 月

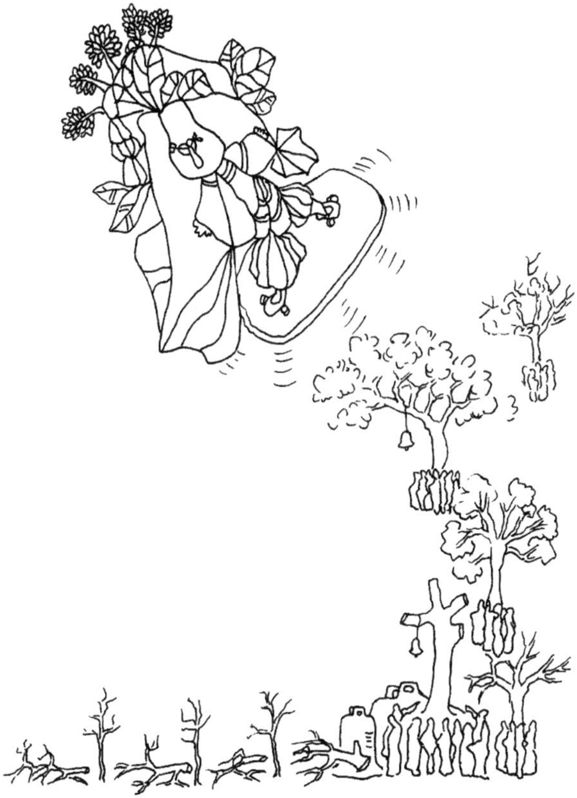

我会像青草一样呼吸

我会像青草一样呼吸
在很高的河岸上
脚下的水渊深不可测
黑得像一种鲇鱼的脊背

远处的河水渐渐透明
一直漂向对岸的沙地
那里的起伏充满诱惑
困倦的阳光正在休息

再远处是一片绿光闪闪的树林
录下了风的一举一动
在风中总有些可爱的小花
从没有系紧紫色的头巾

蚂蚁们在搬运沙土
绝不会因为爱情而苦恼

自在的野蜂却在歌唱
把一支歌献给所有花朵

我会呼吸得像青草一样
把轻轻的梦想告诉春天
我希望会唱许多歌曲
让唯一的微笑永不消失

1982年3月

给我逝去的老祖母（二）

你就这样地睡着了

在温暖的夏天
花落在温暖的台阶上
院墙那边是萤火虫
和十一岁的欢笑
我带着迟迟疑疑的幸福
向你叙说小新娘的服饰
她好像披着红金鲤鱼的鳞片
你把头一仰
又自动低下

你就这样地睡了

在黎明时
暴雨变成了珍贵的水滴
喧哗蜷曲着

小船就躺在岸边
闪光，在瞬间的休眠里
变成小洼，弧形的
脚印是没有的
一双双洁白的球鞋
失去了弹性

你就这样地睡了

在最高一格
在屏住呼吸的
淡紫色和绿色的火焰中
厚厚的玻璃门滑动着
"最后"在不断缩小
所有无关的人都礼貌地
站着，等那一刻消失
他们站着
像几件男式服装

你就这样地睡了

在我的手里

你松弛的手始终温暖
你的表情是玫瑰色的
眼睛在移动
在棕色的黄昏中移动
你在找我
在天空细小的晶体中寻找
路太长了
你只走了一半

你就这样地睡了

在每天都越过的时刻前
你停住了
永远停住
白发在烟雾里飘向永恒
飘向孩子们晴朗的梦境
我和陆地一起漂浮
远处是软木制成的渔船
声音,难于醒来的声音
正淹没一片沙滩

你就这样一次次地睡去

在北方的夜里

在穿越过

干哑的戈壁滩之后

风变笨了

变得像装甲车一样笨重

他努力地移动自己

他要完成自己的工作

要在失明的窗外

拖走一棵跌倒的大树

1982年3月

风的梦

在冬天
那个巨大的白瓷瓶里
风呜呜地哭了很久
后来,他很疲倦
他相信了,没有人听见
没有道路通向南方
通向有白色鸟群栖息的城市
那里的花岗石喜爱露水

他睡觉了
弯弯曲曲地睡着
像那些永远在祈求谅解的怪柳树
像那些树下
冬眠的蛇

他开始做梦
梦见自己的愿望

像星星一样,在燧石中闪烁

梦见自己在撞击的瞬间

挣扎出来,变成火焰

他希望那些苍白的手

能够展开

变得柔和亲切

再不会被月亮的碎片

割破

后来,他又梦见

一个村庄

像大木船一样任性地摇动

在北方的夜里

无数深颜色的波纹

正在扩展

在接近黎明的地方

变成一片浅蓝的泡沫

由于陌生的光明

狗惊慌地叫着

为了主人

为了那些无关的惧怕和需要

汪汪地叫着
在土墙那边
是什么落进了草堆

最后,他梦见
他不断地醒了
一条条小海鱼钻进泥里
沾着沙粒的孩子聚在一起
像一堆怪诞的黄色石块
不远的地方
波浪喘息一下
终于沿着那些可爱的小脊背
涌上天空

在湿淋淋的阳光中
没有尘土
贝壳们继续眯着眼睛
春天,春天已经来了
很近
在别人不注意的时候
换上淡紫色的长裙

是的,他醒了

醒在一个明亮的梦里

凝望着梳洗完毕的天空

他在长大

按照自己的愿望年轻地生长着

他的腿那么细长

微微错开

在远处,摇晃着这片土地

1982 年 4 月

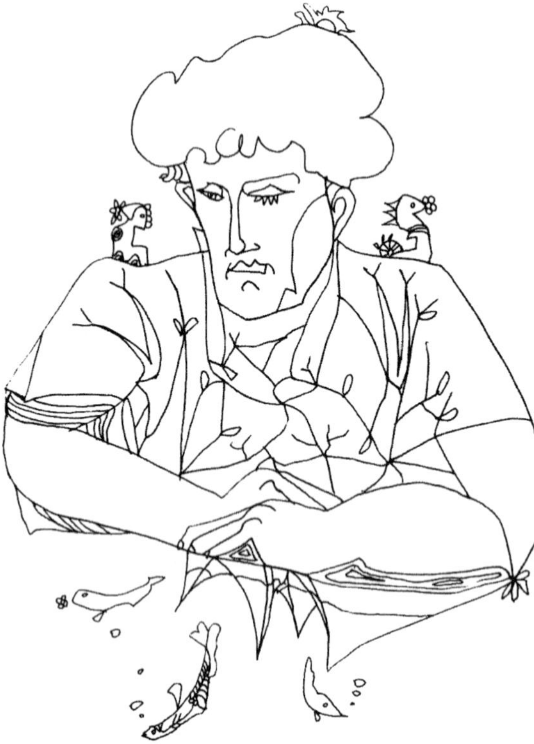

老人（一）

　　老人
　　坐在大壁炉前
　　他的额在燃烧

　　他看着
　　那些颜色杂乱的烟
　　被风抽成细丝
　　轻轻一搓
　　然后拉断

　　迅速明亮的炭火
　　再不需要语言

　　就这样坐着
　　不动
　　也不回想
　　让时间在身后飘动

那洁净的灰尘
几乎触摸不到

就这样
不去哭
不去打开那扇墨绿的窗子
外边没有男孩
站在健康的黑柏油路上
把脚趾张得开开的
等待奇迹

1982 年 5 月

归来(二)[1]

许多暖褐色的鸟

消失在

大地尽头

一群强壮的白果树

正唤我同去

他们是我的同伴

他们心中的木纹

像回声一样美丽

我不能面对他们的呼唤

我微笑着

我不能说:不

我知道他们要去找

---

[1] 1979年诗档中收有作者的另首《归来》,此处编者加"(二)"以区别。此诗作者另有加字写法,于四处共加十字一标点,动一字。

那片金属月亮
要用手
擦去
上面的湿土

我不能说：不
不能回答
那片月亮
是我丢的
是我故意丢的
因为喜欢它
不知为什么
还要丢在能够找到的地方

现在，他们走了
不要问，好吗
关上木窗
不要听河岸上的新闻
眼睛也不要问
让那面帆静静落下
我要看看
你的全部天空

不要问我的过去
那些陈旧的珊瑚树
那水底下
漂着泥絮的城市
船已经靠岸
道路在泡沫中消失
我回来了
这就是全部故事

我松开肩上的口袋
让它落在地板上
发出声音
思想一动不动
我累了
我要跳舞
要在火焰里
变得像灰烬般轻松

别问，我累了
明天还在黑夜那边
还很遥远
北冰洋里的鱼

现在不会梦见我们
我累了，真累
我想在你的凝视中
休息片刻

          1982年5月

生命的愿望

一

春天来的时候
木鞋上还沾着薄雪
山坡上霸道的小灌木
还没有想到梳头

春天走的时候
每朵花都很奇妙
她们被水池挡住去路
静静地变成了草莓

二

所有青色的骑士
都渴望去暴雨中厮杀
都想面对密集的阳光

庄严地一动不动

秋风将吹过山谷
荣誉将变得黯淡
黑滚珠一样的小田鼠
将突然窜过田野

三

即使星球熄灭了
果实也会燃烧
在印加帝国的酒窖里
储存着太阳的血液

浮雕上聚集着水汽
生命仍在要求
它将在地下生长
变成强壮的根块

1982 年 5 月

童年的河滨

我们常飘向童年的河滨
锥形的大沙堆代替了光明
石块迸裂后没有被腐蚀
淡淡的起伏中闪动黄金

是孩子就可以跳着走路
把塑料鞋一下丢进草丛
铁塔锈蚀得凸凸凹凹
比炸鱼的脆壳还要诱人

那陈旧的遗憾会纷纷坠落
孩子们还是要向上攀登
在斜线和直线消失的顶端
乔木并没有让出天空

高处的娃娃在捕捉光斑
"真美呀"渔夫忽然叹息一声

他是我,也是你,都是真的
他在那代表着真实的我们

大自然宏伟得像一座教堂
深深的墨绿色是最浓的宁静
在蝉声和蜘蛛丝散落之后
自信的小木板就漂进森林

想烫发的河水总是拥挤
不知为什么去参观树洞
那银制的圣诞节竟然会熔化
滑冰的长影子也从此失踪

最好是用单线画一条大船
从童年的河滨驶向永恒
让我们一路上吱吱喳喳
像小鸟那样去热爱生命

1982年6月

无题

盛夏在回忆早春的花英
深秋在怀念夏日的茂盛
童年、青春,直至时光如雪
可谁能够在死亡中追惜生命

1982年6月

有时,我真想
——侍者的自语

有时,我真想
整夜整夜地去海滨
去避暑胜地
去到疲惫的沙丘中间
收集温热的瓶子——
像日光一样白的,像海水一样绿的
还有棕黄色的
谁也不注意的愤怒

我知道
那个唱醉歌的人
还会来,口袋里的硬币
还会像往常一样。错着牙齿
他把嘴笑得很歪
把轻蔑不断喷在我脸上

太好了,我等待着

等待着又等待着

到了!大钟发出轰响

我要在震颤之间抛出一切

去享受迸溅的愉快

我要给世界留下美丽危险的碎片

让红眼睛的上帝和老板们

去慢慢打扫

1982 年 6 月

节日

节日对于孩子们来说
就是一块大圆蛋糕
上边落着奶油的小鸟
生气的样子非常可爱

边上还有红绿丝的草坪
下面的土地非常松软
一枚跟随太阳的金币
正在那里睡觉

为了寻找那明亮的幸福
孩子悄悄亲了下餐刀
没有谁责怪这种贪心
世界本来属于他们

我们把世界拿在手里
就是为了一样样放好

我们还要默默走开
我们是不要酬劳的厨师

1982 年 6 月

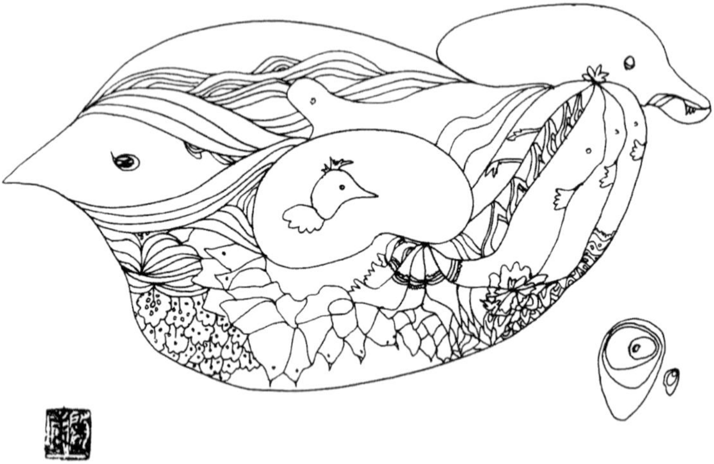

我要编一只小船

我是青草中渺小的生命
我没有办法长大
我只想去一个
没有大象和长铁链的地方
去到那里伟大,我只有
不停地在河岸上奔跑
去收集午后松软的香蒲草
和太阳光,我想
编一只小船
船上有两个座位
我认识一个不哭的布娃娃
她不害怕时胆子很大
她敢在绿窗台上单独
演奏,她有好几块动物饼干
我还没说:咱们一起
去横渡世界

在我疲倦的时候

我就靠着去年的
干树枝,去想象对岸的风景
——那里的小房子会睁眼睛
那里的森林都长在强盗脸上
那里的小矮人
不上学就能对付螃蟹和生字
有次,我听见
雨在两块盾牌后和谁说话
他们是在商量
一个计谋,叫那些
金黄金黄的小花去学拼音
去到小路上,欢迎外宾
在必要的时候
把所有泪水都变成
甜的,包括委屈的目光

我不是红蜜蜂
不关心泪水的营养
我很忙,我要编那只小船
我要去对岸
去那个没想好的地方
我觉得,有人等我

在发烫的梦里，有麦芽糖融化
我很忙，我的河岸
已经破碎，已经被
宽阔的夏天淹没
我很忙，水流已经覆盖了一切
无声的水草在星星中
漂动，在不断延长
那毛茸茸的影子，我很忙
有人等我，是谁相信了有对岸
有海洋，也有东方

我要去世界对岸
我需要船，需要一个同伴
我要帆，要像水鸟那样
弓起翅膀，在空气中
划下细细的波纹
我要去对岸，我编那只船
直到太阳的脖子酸了
阳光被宽树叶一根根剪断
直到香蒲草被秋天拿去做窝
暗红的灌木中光线很暗
直到冬天，直到月亮

被冻在天上,像个银亮的水洼
群山背过身去睡觉
谁也不说话,直到
那个不哭的布娃娃哭了,以为
对岸已经到达

         1982 年 7 月

窗外的夏天

那个声音在深夜里哭了好久
太阳升起来
所有雨滴都闪耀一下
变成了温暖的水汽
我没有去擦玻璃
我知道天很蓝
每棵树都龇着头发
在那儿"嘎嘎"地错着响板
都想成为一只巨大的捕食性昆虫

一切多么远了

我们曾像早晨的蝉一样软弱
翅膀是湿的
叶片是厚厚的,我们年轻
什么也不知道
不想知道

只知道，梦会飘

会把我们带进白天

云会在风中走路

湖水会把光亮聚成火焰

我们看着青青的叶片

我还是不想知道

没有去擦玻璃

墨绿色的夏天波浪起伏

桨在敲击

鱼在分开光滑的水流

红游泳衣的笑声在不断隐没

一切多么远了

那个夏天还在拖延

那个声音已经停止

1982 年 8 月

灯火比童图 娥 二○年七月

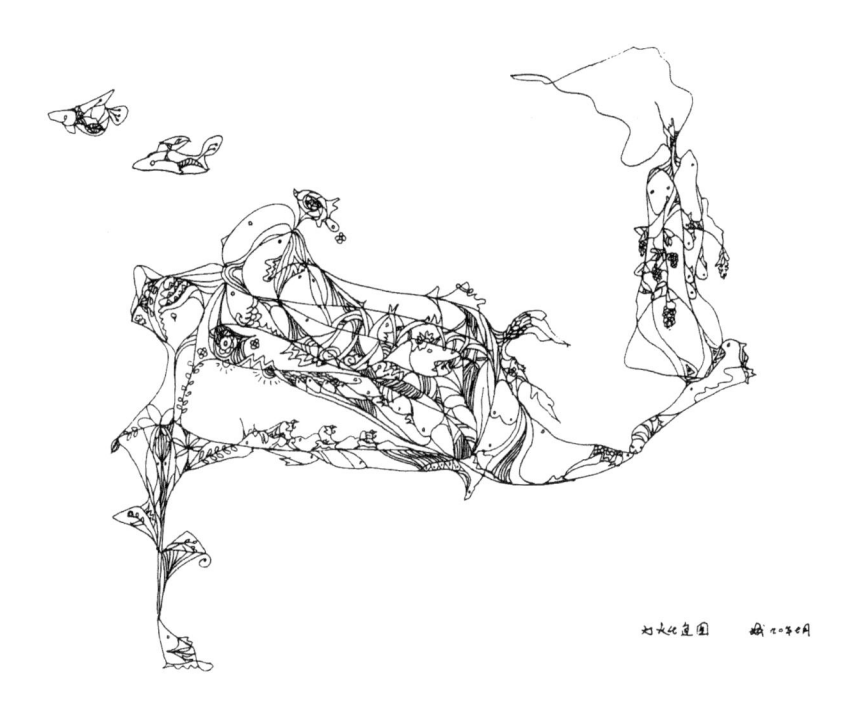

门前

我多么希望,有一个门口
早晨,阳光照在草上

我们站着
扶着自己的门扇
门很低,但太阳是明亮的
草在结它的种子
风在摇它的叶子
我们站着,不说话
就十分美好

有门,不用开开

是我们的,就十分美好 [1]

1982 年 8 月

---

1 诗曾有后五节共十九行,如下,后为作者截去:
早晨,黑夜还要流浪
我们把六弦琴交给它
我们不走了

我们需要土地
需要永不毁灭的土地
我们要乘着它
度过一生

土地是粗糙的,有时狭隘
然而,它有历史
有一分天空,一分月亮
一分露水和早晨

我们爱土地
我们站着,用木鞋挖着
泥土,门也晒热了
我们轻轻靠着
十分美好

墙后的草
不会再长大了,它只用指
尖,触了触阳光

没有着色的意象

我的土地

像手心一样发烧

我的冬天

在滑动

它在融化

在微微发黏地恋爱

在变成新鲜的

泡沫和鱼

狗也会出现

会背着身

像躲藏一千年的羞耻

远处是碎砖

近处

是嗅过的城市

淡黄、淡白的水汽

被赶进田垄

它会打喷嚏
那就打吧
让泡泡囊囊的田野
鼓起
慢慢挤住天空
打吧
不要在清醒的刺痒中
停止

停止是岩石
是黑墓地上
那个扭住的小兽
停止
水鸟像大雪一样
飘落下来
夜晚前的丁香树
窸窸窣窣

1982年9月

铁铃
——给在秋天离家的姐姐

一

  你走了
   还穿着那件旧衣服
你疲倦得像叶子，接受了九月的骄阳
你突然挥起手来，让我快点回家
你想给我留下快乐，用闪耀掩藏着悲哀
你说：你干事去吧，你怕我浪费时间
你和另一个人去看海浪，海边堆满了果皮
你不以为这是真的，可真的已经到来
你独自去接受一个宿命，祝福总留在原地

二

  你走了
   妈妈慌乱地送你

她抓住许多东西，好像也要去海上漂浮
秋草也慌乱了，不知怎样放好影子
它们议论纷纷，损害了天空的等待
这是最后的空隙，你忽然想起玩棋子
把白色和黑色的玻璃块，排成各种方阵
我曾有过八岁，喜欢威吓和祈求
我要你玩棋子，你却喜欢皮筋

三

你走了
　　我们都站在岸边
我们是亲人，所以土地将沉没
我不关心火山灰，我只在想那短小的炉子
火被烟紧紧缠着，你在一边流泪
我们为关不关炉门，打了最后一架
我们打过许多架，你总赞美我的疯狂
我为了获得钦佩，还吞下过一把石子
你不需要吞咽，你抽屉里有奖状

四

你走了

小时候我也在路上想过

好像你会先去,按照古老的习惯

我没想过那个人,因为习惯是抽象的螺纹

我只是深深憎恨,你的所有同学

她们害怕我,她们只敢在门外跺脚

我恨她们蓝色的腿弯,恨她们把你叫走

你们在树林中跳舞,我在想捣乱的计划

最后我总沾满白石灰,慢慢地离开夜晚

五

你走了

河岸也将把我带走

这是昏黄的宿命,就像鸟群在枝头惊飞

我们再也不会有白瓷缸,再也不会去捉蝌蚪

池塘早已干涸,水草被埋在地下

我们长大了,把小衣服留给妈妈

褪色的灯芯绒上,秋天在无力地燃烧

小车子抵着墙,再无法带我们去远游
童年在照相本里,尘土也代表时间

六

你走了
　　一切都将改变
旧的书损坏了,新的书更爱整洁
书都有最后一页,即使你不去读它
节日是书签,拖着细小的金线
我们不去读世界,世界也在读我们
我们早被世界借走了,它不会放回原处
你向我挥挥手,也许你并没有想到
在字行稀疏的地方,不应当读出声音

七

你走了
　　你终究还会回来
那是另一个你吗?我永远不能相信

白天像手帕一样飘落,土地被缓缓挂起
你似乎在远处微笑,但影像没有声音
好像是十几盘胶片,在两处同时放映
我正在广场看上集,你却在幕间休息
我害怕发绿的玻璃,我害怕学会说谎
我们不是两滴眼泪,有一滴已经被擦干

八

  你走了
    一切并没有改变
我还是我,是你霸道的弟弟
我还要推倒书架,让它们四仰八合
我还要跳进大沙堆,挖一个潮湿的大洞
我还要看网中的太阳,我还要变成蜘蛛
我还要飞进古森林,飞进发黏的琥珀
我还要丢掉钱,去到那条路上蹚水
我们还要一起挨打,我替你放声大哭

九

　　你走了
　　我始终一点不信
虽然我也推着门,并且古怪地挥手
一切都要走散吗,连同这城市和站台
包括开始腐烂的橘子,包括悬挂的星球
一切都在走,等待就等于倒行
为什么心要留在原处,原处已经走开
懂事的心哪,今晚就开始学走路
在落叶纷纷的尽头,总摇着一串铁铃

1982 年 9 月

碧绿碧绿的小虫

碧绿碧绿的小虫
在花墙边一动不动
它那火样的绒毛
会烫伤无知的爱情

人类接受了祖训
奇想也随之消融
孩子们紧抱着书包
对美丽格外小心

1982 年 10 月

蚓

有足之匠

我曾是火中最小的花朵

我曾是火中最小的花朵
总想从干燥的灰烬中走出
总想在湿草地上凉一凉脚
去摸摸总触不到的黑暗

我好像沿着水边走过
边走边看那橘红飘动的睡袍
就是在梦中也不能忘记走动
我的呼吸是一组星辰

野兽的大眼睛里燃着忧郁
都带着鲜红的泪水走开
不知是谁踏翻了洗脚的水池
整个树林都在悄悄收拾

只是风不好,它催促着我
像是在催促一个贫穷的新娘

它在远处的微光里摇摇树枝
又跑来说有一个独身的烟囱——

"一个祖传的青砖镂刻的锅台
一个油亮亮的大肚子铁锅
红薯都在幸福地慢慢叹气
火钳上燃着幽幽的硫黄……"

我用极小的步子飞快逃走
在转弯时吮了吮发甜的树脂
有一棵小红松像牧羊少年
我毕毕剥剥笑笑就爬上树顶

我骤然像镁粉一样喷出白光
山坡忽暗忽亮扇动着翅膀
鸟儿撞着黑夜，村子敲着铜盆
我把小金饰撒在草中

在山坡的慌乱中我独自微笑
热气把我的黑发卷入高空

太阳会来的,我会变得淡薄

最后幻入蔚蓝的永恒

1982 年 10 月

南国之秋(一)

　　橘红橘红的火焰
　　在潮湿的园林中悬浮
　　它轻轻嚼着树木
　　雨蛙像脆骨般鸣叫

　　一环环微妙的光波
　　荡开天空的浮草
　　新月像金鱼般一跃
　　就代替了倒悬的火苗

　　满天渗化的青光
　　此刻还没有剪绒
　　秋风抚摸着壁毯
　　像订货者一样认真

　　烟缕被一枝枝抽出
　　像是一种中药

它留下了发黑的洞穴
里边并没住野鼠

有朵晚秋的小花
因温暖而变得枯黄
在火焰逝去的地方
用双手捧着灰烬

1982 年 11 月

南国之秋（二）

我要在最细的雨中
吹出银色的花纹
让所有在场的丁香
都成为你的伴娘

我要张开梧桐的手掌
去接雨水洗脸
让水杉用软弱的笔尖
在风中写下婚约

我要装作一名船长
把铁船开进树林
让你的五十个兄弟
徒劳地去海上寻找

我要像果仁一样洁净
在你的心中安睡

让树叶永远沙沙作响
也不生出鸟的翅膀

我要汇入你的湖泊
在水底静静地长成大树
我要在早晨明亮地站起
把我们的太阳投入天空

        1982 年 11 月

最凉的早晨

树木背过身去哭
开始是一棵
后来是整个群落
它们哭到天明
雪白的尘埃就覆盖了一切

一切都在尘埃中飘浮
微微错动的影子
忽明忽暗的脚步
走直线的猎人
不断从边缘折回

在早晨的中心
有一只暖暖的小熊
它非常宠爱自己

就像是

大白山的独生女儿

       1982 年 11 月

东方的庭院

因为寂静
我变成了老人
擦着广播中的锈
用砖灰
我开始挨近那堵墙
掘湿土中的根须
透明的乐曲不断涌出

墙那边是幼儿园
孩子拍手
阳光在唯一的瞬间闪耀
湖水是绿的
阴影在亲吻中退去
草地上有大粒的露水
也有落叶

我喜欢那棵树

他的手是图案

他的样子很呆

在远处被洗净的台阶上

脚步停了

葡萄藤和铁栏杆

都会发明感情

草地上还有

纯银的蜘蛛丝

还有木俑般

走向大树的知了

还有那些蛤蟆

它们在搬运自己的肚子

它们想跳得好些

一切都想好些

包括秋天

他脱下了湿衣服

正在那里晾晒

包括美国西部的城镇

硬汉子，硬汉子

它们用铁齿轮说话

我是老人了

东方的庭院里一片寂静

生命和云朵在一个地方

鸟弯曲地叫着

阳光在露水中移动

我会因为热爱

而接近晴空

        1982 年 11 月

掷地为金石
尼石不可朽

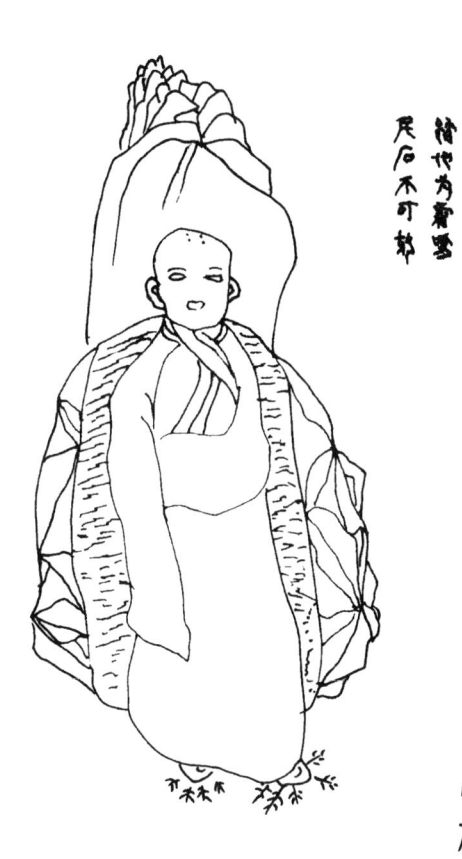

尼石

都市

每扇门
都吐出一些人来
拖着伸缩不定的影子
在那碗大甜羹里游动

月亮早就腻了
别理它
还是想梧桐
它没有摸到电线
就被砍去了左手
甚至不能
换一个姿势
等待情人

1982年12月

1983

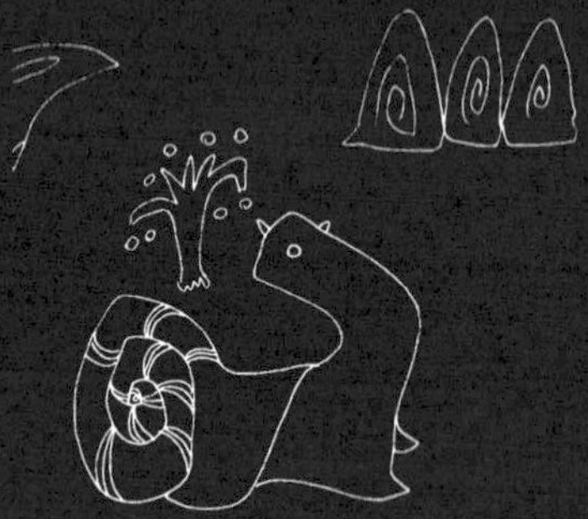

我梦见过鱼

在墨绿色的夜里
我梦见过鱼

它们轻轻动动
就靠近了我
黑铜的背上有张小帆

它们用丝绒般的嘴
喝着什么
好像有弯刀在暗中戒备
那声音走上了楼梯
过了一会
鳃就张开了
像伤口一样大大张开
鲜红,鲜红
剑水蚤猛地一跳
又按圆舞曲的礼节

缓缓落下

眼睛始终睁着
穿过一道道虚幻的铁栏
为了不使泪水迸落

它们一动不动
行进着
女巫的星宿依次闪亮

       1983 年 1 月

白令海姑娘

一

你就是我的
白令海姑娘
你的黑头发很长

你的手在哪

你笑的时候
就像有一股暖气
从石块上升起
湿润了整个森林小屋

二

你在桥那边站着
栏杆坏了

冬天躺在上边

你在那边
竹子裂着
狗似的风总想碰它

你领边
垂挂着一小串
珊瑚岛屿

三

你见过早晨吗
那么稀薄的血液
透明的小星星
用尾巴游泳
太阳长满绒毛
红的
在落潮时
无法行动

四

　墙真白
　没有影子

　我爱过

五

　海渐渐地
　哭了
　嗓子很哑
　像小男孩
　一次又一次
　从峭壁上脱落
　我们没有结婚

六

　见过鸟吗
　笨重地在树丛中飞
　网绳上总有落叶

见过春天吗

奶油色的雪

在南方的路口滑行

谁都哭过

拉开窗帘

望着天空

七

没有鸟的天上

也看不见风

1983 年 2 月

异地

冷冷落落的雨
弄湿了洼陷的屋顶
我在想北方
我的太阳和灰尘

自从我离开了那条路
我的脚上就沾满泥泞
我的嘴就有苦味
好像草在湿雾里燃动

我曾像灶火一样爱过
从午夜烧到天明
现在我的手指
却触不到干土和灰烬

缓缓慢慢的烟哪
匆匆忙忙的人

汽车像蝴蝶虫一样弯扭着
躲开了路口的明星

出于职业习惯
我赞美塑料的眼睛
赞美那些模特
耐心地等小偷或情人

我忘了怎样痛哭
怎样躲开天空
我严肃地摇着电线
希望能惊动鸟群

1983年2月

我不知道怎样爱你

我不知道怎样爱你

走私者还在岛上呼吸
那盏捕蟹的小灯
还亮着,红的
非常神秘,异教徒
还在冰水中航行
在兽皮帆上擦油
在桨上涂蜡
把底舱受潮的酒桶
滚来滚去

我不知道怎样爱你

岸上有凶器,有黑靴子
有穿警服的夜
在拉衬衣,贝壳裂了

石灰岩一样粗糙的
云,正在聚集
正在无声无息地哭
咸咸地,哭
小女孩的草篮里
没放青鱼

我不知道怎样爱你

在高低不等的水洼里
有牡蛎,有一条
被石块压住的小路
通向海底,水滴
在那里响着
熄灭了骤然跌落的火炬
铅黑黑的,凝结着
水滴响着
一个世纪,水滴

我不知道怎样爱你

在回村的路上

我变成了狗，不知疲倦地
恫吓海洋，不许
它走近，谁都睡了
我还在叫
制造着回声
鳞在软土中闪耀
风在粗土中叹气
扁蜗牛在舔泪迹

我不知道怎样爱你

门上有铁，海上
有生锈的雨
一些人睡在床上
一些人漂在海上
一些人沉在海底
彗星是一种餐具
月亮是银杯子

始终漂着，装着那片
美丽的柠檬，美丽

别说了，我不知道自己

1983年2月

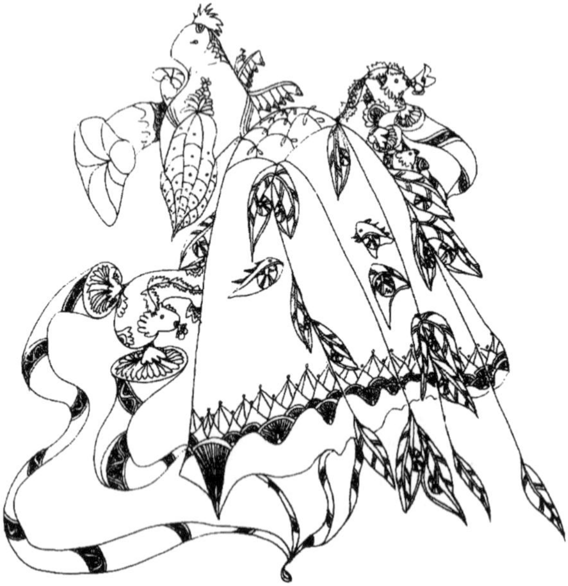

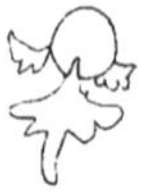

我相信歌声

我相信歌声

黎明是嘹亮的，大雁
一排排升起
在光影的边缘浮动
细小的雪兔
奔走着，好像有枪声
在很低的地方
鱼停在水闸的侧面
雾，缓缓化开
像糯米纸一样
好像有枪声
在小木桥那边
最美的是村子
那些长满硬鬃毛的屋顶
有些花在梦中开了
把微笑变成泪水

那么洁净地

等待亲吻,一个少年

醒得很早

呆呆地望着顶棚

货郎鼓在昨天叮叮咚咚

他早就不信薄荷糖了

不信春天的心

是绿的,绿得

透明

我相信歌声

在最新鲜的玉米地里

种子,变成了宝石

木制的城堡

开始咯咯抖动,地震

所有窗子都无法打开

门,门,楼梯间

喷出了幽幽的火焰

门!门后的圣母像

已老态龙钟

快垂下肩膀,憔悴一点

关上煤气的氖灯
一切都悄然无声
太阳就要来了
一切都悄然无声
太阳来了,它像变形虫一样
游着,伸出伪足
里边注满明亮的岩浆
窗帘也在燃烧前飘动
反光突然从四面
冲进市政大厅
宣布占领
早晨是一个年轻的公社
宣布:没收繁星

我相信歌声

乳色的云化了,彩色玻璃
滴落到地上
到处都晃动着可疑的
热情,火从水管中流出
流到地上,沙土
像糖一样黏稠

一点一点露出白热的愿望

到处都晃动着可疑的

光明,呼吸

呼吸,醒,醒

不间断地把酒藏好

抽打七色花

让世界溅满斑斑油彩

快抽打七色花吧

家具笨重地跑过大街

在水边不断扑倒

巨大的风从琴箱中

涌出,黑人组成了铜鼓乐队

雷声在台阶上滚动

绳子,快拴住风

绳子!工作鞋在海上漂着

海洋在不断坍落

快拴住帆布的鸟群

我相信歌声

只有歌声,湿润的

小墓地上

散放着没有雕成的石块

含金的胶土板

记载着战争

我已做完了我的一切

森林和麦田已收割干净

我已做完了我的一切

只有歌声的蜂鸟

还环绕着手杖飞行

我走了很久

又坐下来搓手上的干土

过了一会

才听见另一种声音

那就是你

在拨动另一片海岸的树丛

你笑着,浴巾已经吹干

天上蒙着淡蓝的水汽

你笑着,拨开树丛

渗入云朵的太阳

时现时隐,你笑着

向东方走来

摇落头上的纷纷阵雨

摇落时钟

我相信歌声

1983年3月

郊地

明亮明亮的房屋
从黑黏土中耸起
明亮明亮灰黄的房屋
在装玻璃
被光照亮的叶子
要比花美丽

1983 年 3 月

一九九三・五 標

倾听时间

钟滴滴答答地响着
扶着眼镜
让我去感谢不幸的日子
感谢那个早晨的审判
我有红房子了
我有黑油毡的板棚
我有圆咚咚的罐子
有慵懒的花朵
有诗,有潮得发红的火焰

我感谢着,听着
一直想去摸摸
木桶的底板
我知道它是空的,新的
箍得很紧
可是还想
我想它如果注满海水

纯蓝纯蓝的汁液

会不会微微摇荡

海水是自由的

它走过许多神庙

才获得了天的颜色

我听见过

它们在远处唱歌

在黄昏，为流浪者歌唱

小木桨漂着，它想家了

想在晚上

卷起松疏的草毯

好像又过了许多时候

钟还在响

还没说完

我喜欢靠着树静听

听时间在木纹中行走

听水纹渐渐扩展

铁皮绝望地扭着

锈一层层迸落

世界在海上飘散

我看不见
那布满泡沫的水了
甚至看不见，明天
我被雨水涂在树上
听着时间，这些时间
像吐出的树胶
充满了晶莹的痛苦
时间，那支会嘘气的枪
就在身后

听着时间，用羽毛听着
一点一点
心被碾压得很薄
我还是忽略了那个声响
只看见烟，白的
只看见鸟群升起，白的
猎狗丢开木板
死贴住风
越跑越远

1983 年 3 月

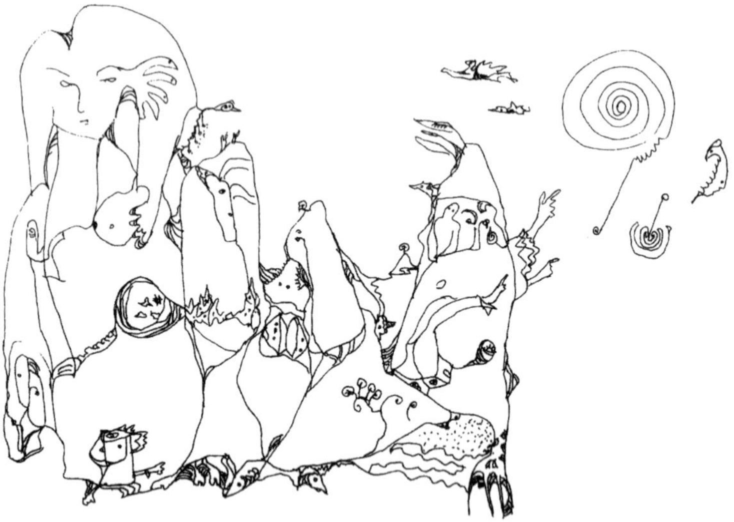

很久以来

很久以来
我就在土地上哭泣
泪水又大又甜

很久以来
我就渴望升起
长长的,像绿色植物
去缠绕黄昏的光线

很久以来
就有许多葡萄
在晨光中幸运地哭着
不能回答金太阳的诅咒

很久以来

就有洪水

就有许多洪水留下的孩子

        1983 年 6 月

我承认

我承认
看见你在洗杯子
用最长的手指
水奇怪地摸着玻璃

你从那边走向这边
你有衣服吗?
我看不见杯子
我只看见圆形的水在摇动

是有世界
有一面能出入的镜子
你从这边走向那边
你避开了我的一生

1983年6月

的确,这就是世界

的确,这就是世界
一个属于丁香花的节日
她在那儿,和同伴说话
她十九岁
身后是四月和五月

我清楚地看着她
中间是田野
我清楚地看见你最淡的发丝
紫色的暴风雨正飘过田野
漂亮的暴风雨呵

你喜欢湖泊吗
你要几个吗?松耳石的
花上有卷着薄金的纹饰
你要几个,够么
花冠散落在红胶土上

我回答过

五月,六月,七月

早晨的呼吸有点热了

那些花有点远了

我没有在世界上活过

1983 年 7 月

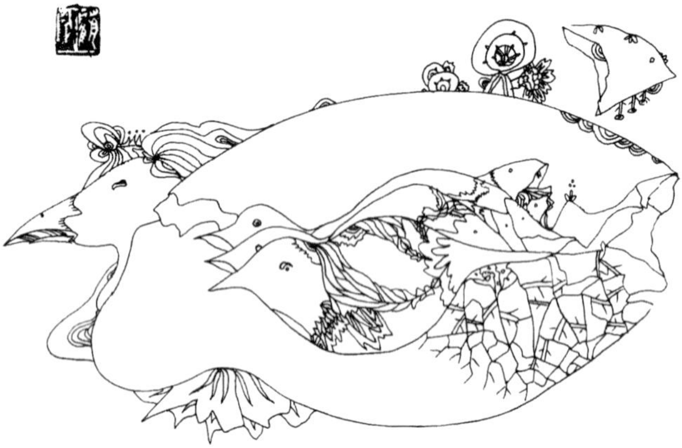

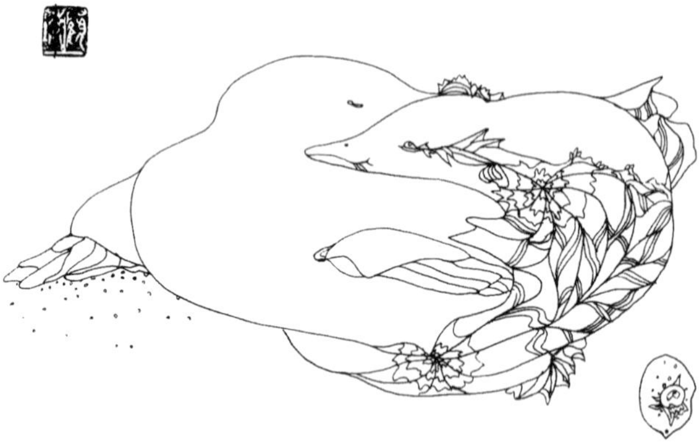

波浪推送着你

波浪推送着你
那唯一的时刻,船板交叠在一起
波浪的手指探进发际
又悄悄抽出
红色的海洋像旗,黑色的海洋像旗
直线交错的热带海洋呵
波浪推送着,水星在散开
那星星点点光滑的谜语
紫色的章鱼在一片水谷中舞动
你的手指洁白像叹息
崭新的帆像柏木一样发光
阳光在展示困倦的美丽
你是美的,长桨在整齐地落下
陆地上的太阳都垂在树边
那金黄黄的金玉米的发缕
蓝天在石块间说着
你是美的

深绿的，剥去浮沫的涌浪在不断升起

细小的金饰在瞬间溅落

声音很低很低

你是大海唯一的珍奇

当你推送大海的时刻

水鸟慌乱地飞着，冰块在南方轻轻地碰击

古海岸开始显示那个奇迹

你是美的

你是我唯一的陆地

1983 年 9 月

工作

泪水浸湿了许多日子
今天是蓝的,墙上有鸽子
我的床又回到墙里
重新希望一小片晴空;
今天是晴朗的日子
应当写高兴的诗
我需要切下一小片空地
需要两排年轻的锯齿;
雨从墙上溜走
我把世界推开
慢慢后退
早晨放大了整个广场;
后边有黄色的街道倾斜
白色的衣物像一个小点

墙后有人问了

这是不是那个世界

1983年9月

许多时间,像烟

有许多时间,像烟
许多烟从艾草中出发
小红眼睛们胜利地亮着
我知道这是流向天空的泪水
我知道,现在有点晚了
那些花在变成图案
在变成烛火中精制的水瓶
是有点晚,天渐渐暗下来
巨大的花伸向我们
巨大的溅满泪水的黎明
无色,无害的黑夜的泪水
我知道,他们还在说昨天
他们在说
子弹击中了铜盘
那个声音不见了,有烟
有翻卷过来的糖纸
许多失败的碎片在港口沉没

有点晚了,水在变成虚幻的尘土
没有时间的今天

在一切柔顺的梦想之上

光是一片溪水

它已小心行走了千年之久

1983 年 9 月

我仰望过这里的葡萄

我仰望过这里的葡萄
我的牙齿一粒粒发亮
我的秋千一次次在空中敞开
我的额心碰到太阳

我一生都在爱那个秋天
那个绿色和紫色的默想
凉凉的傍晚在叶缝里吹气
薄薄的日子上有一层甜霜

现在那一切已溶化干净
新锯开的小木屋里只有砂浆
再没有小白狗一下跳进水里
也没有在山顶吃草的月亮

再不能把大木床搬进竹林
满目可见都是一种楼窗
长大的女孩全在灰云中行走

走进家就把门轻轻插上

剩下的树都在街上生锈
有时说说毒品和手枪
一些灯像针孔样昼夜发炎
还有些像是弹弓枪留下的小伤

大货轮在港口长长地哼着
铁门里滚出男人和菜筐
现在的葡萄再不用久久仰望
它长在小贩们潮湿的手上

只剩下雨还在数那些日子
没用的心都跑到金链条上摇晃
我梦见太阳把云照得透明
透明得几乎发出轰响

1983 年 10 月

守望

日子
梦一样从身后走过
像失败的王子
垂着湿淋淋镀金的头发
有声音浮起
开始闪耀
一环一环
很清晰的波
我把手伸过去
触到了波面
声音是波
光是波
体现着本质和永恒
空气和水
那里有个亮点
是个归宿

我给你唱歌

让歌去航行

现在生活还将升起

缓缓涌进晚霞

小船装满蓝色

现在,你也在看

我给你唱支歌吧

1983年10月13日

囚车

痛苦像一盏灯
又在石头里亮了
这石头就是我们自己
我们这辆贴着名字的囚车
永远挪动在加油站之间
我们无一不是
不能离车的司机

1983 年 10 月

相合

我结婚了
一天到晚听
屋顶漏水的声音
我们看不见
　　两边的爱情
它和蛇在风中舞蹈
嘴唇是铁锚的嘴唇

光把我偷到一张纸上
让我把人类引向广场
然后陷我于绝境
摸摸我画的叶子
又帮我画出四肢

　　　　　　　1983年11月

1984

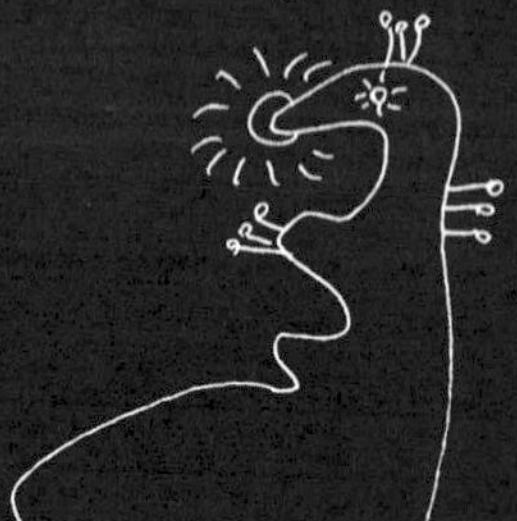

我们生活在一面

我们生活在一面
阳光平缓的山谷
蜗牛舌头的声音
怎么可以看见
和思想并列的头颅
草在鬓角边生长
一粒粒白色的手指
中间有剑,喊着
天空在眼前落下
沙石中的少年
沙石在触摸间组成行动
天空"砰"地落下
砂岩上残存的汁液

在爱人面前,关好窗子
从光中走向对面的山地

阳光中没有火焰

两侧垂着阴影

          1984 年 2 月

不辨

白天帮助夜晚

在紧张的一刻

弄丢了我们的影子

红红绿绿的闪电

好多人听见

厨房里的声音

1984 年 4 月

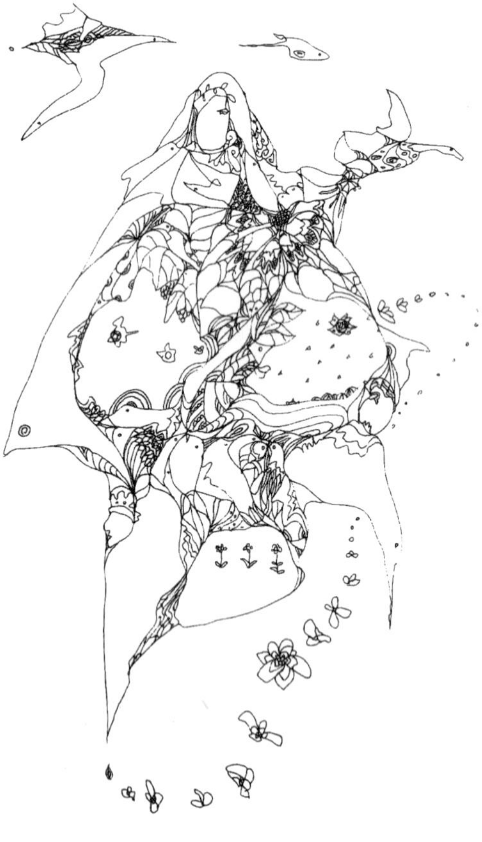

读书（一）

  他把弄短的目光
    从书上抬起
  轻轻去触蓖麻
    树　天　彩色的万物
  这个世界　在其外又在其中

1984 年 5 月

读书(二)

当他转动脑袋
见阴影里自己独立
他一直想有力气
把自己抛得更远
抛到多少公里以外
在发亮的土地上走走

1984年5月

写诗

  惊骇
    分属两岸的树木
      绿色俗气的河流
    还在写诗
  他的笔随意长出枝杈
    他开始使用悲伤

  抓着湿湿的土地
  抓着湿土地没有花朵的嘴唇
  画都在盘子上
  将天空画成蓝蓝的墓室

你像山一样连绵不尽
    平原印下大象的脚趾
那芳香在花心尖叫
    把岩石变成绿色的阴影

          1984年5月

胡须

我要把世界看在眼里
慢慢拉长他的胡须

去找小时捉鱼的河岸
去找月亮上的泉水

金篮子里的泉水
胡须长长长长叹息

1984年6月

分工

我知道所有认识的人
都在演同一个电影
路边,耙子耙草
去年的树荫
去年就干过的衣服
另些谁都不认识的人
长出巨大的枝干

1984 年 6 月

長発信

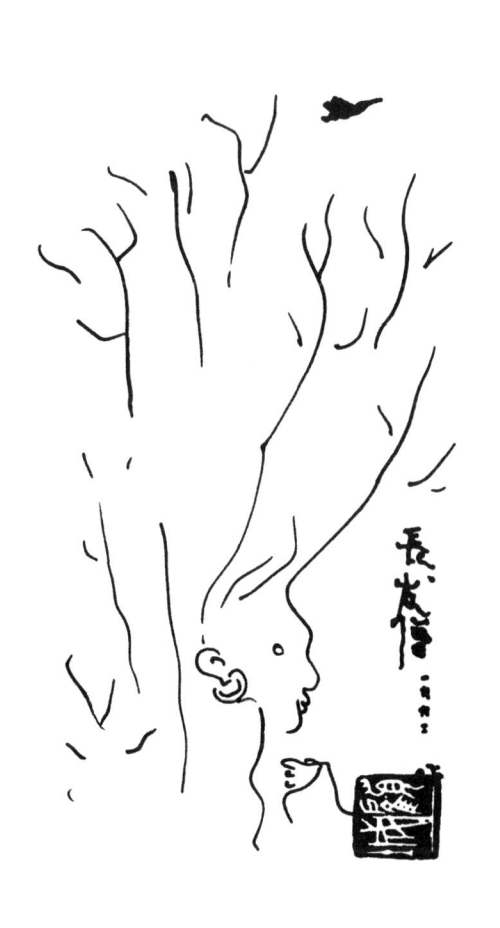

联系

世界被挂在胡子中
萎缩成小小一团
人哪,人只是被河水
浸湿的泥土
学者说人类生存的困惑
不仅在吃穿
还在于一种联系
什么联系?
生命和宇宙同一的联系
有如红色的闪电布满大地
无所在又无所不在的联系
不能废弃
却也不能建立

树,上天的箭支
诗是哭泣的最后一个站台

1984 年 8 月

试验

那个女人在草场上走着
脚边是短裙
她一生都在澄蓝的墨水中行走

她一生都在看化学教室
闪电吐出的紫色花蕊,淋湿的石块
她一生都在看灰楼板上灰色的影子

更年长者打碎了更长的夜晚

在玻璃落下去的时候,她笑
和这个人或那个人
把生活分布在四周

她点燃过男孩的火焰

1984 年 10 月

灵魂有一个孤寂的住所[1]

灵魂有一个孤寂的住所
在那里他注视山下的暖风
他注意鲜艳的亲吻
像花朵一样摇动
像花朵一样想摆脱蜜里的昆虫
他注意到另一种脱落的叶子
到处爬着,被风吹着
随随便便露出干燥的内脏

1984 年 11 月

---

[1] 作者后置这首诗为组诗《颂歌世界》第 43 首。

迎新

春天是远处的故事
白蒙蒙的雪
还没有遮住树梢

春天是路上的故事
马铃在响
口袋在微微地摇

春天是等待的故事
很亮的银窗纸上
小鸟在睡觉

春天是到来的故事
六点钟刚刚敲过
就有人在台阶上跺脚

1984 年 12 月

1985

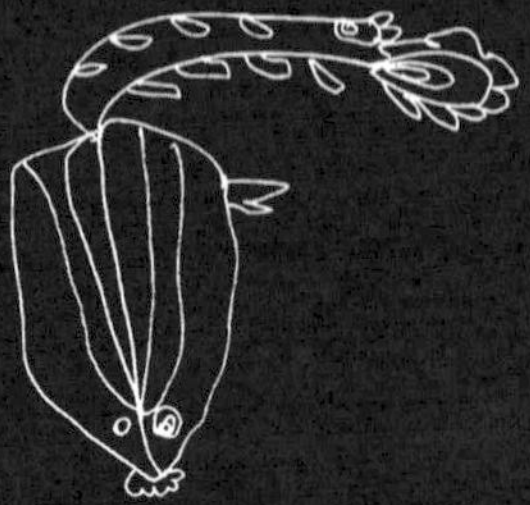

还魂

那风还在树顶呼啸
我没有结婚没有长大没有变高
我始终在楼后的空地上
崇拜着铜和火药

那个自始至终呼啸的风暴
在字行间投下雨雪冰雹
我的诗颠簸前行
下午三点被照得灯火通明

我看见一朵花闪闪如银
我知道它是另一朵花的爱人
白晃晃的集市响着铜的哭泣
那些铁流下了锡的泪水

1985年2月

不明

我为什么要逃走
从你身边穿过沙地
看一眼身后的黑夜
白杨一枚枚投来
对准我的虚影

我为什么离你而去
在早晨睡熟的时刻
像云一样逃
飘过水面
直到离开诗的险境

1985 年 4 月

鹭发白头宽　　威凡0年5月

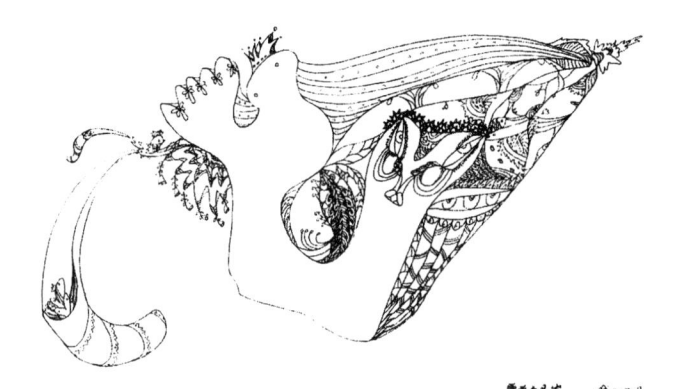

我不愿与人重逢

我不愿与人重逢
那会让我想起毁坏的生命
树枝后涌起泡沫
波浪也失去弹性

哑着嗓子在说什么
说我们已消耗殆尽
我们从没离开一个地方远去
也从没一个地方保存我们

过去在一切之外
我们就是证明
缩进螺壳想象海水
真实是一根铁丝

有时真觉得无话可说
就这样在大地上睡眠

那回忆一直响着
直到变成轰鸣

1985年5月

是树木游泳的力量[1]

是树木游泳的力量
使鸟保持它的航程
使它想起潮水的声音
鸟在空中说话
  它说:中午
  它说:树冠的年龄

芳香覆盖我们全身
长长清凉的手臂越过内心
我们在风中游泳
寂静成型
我们看不见最初的日子
最初,只有爱情

        1985年5月

---

1 作者后置这首诗为组诗《颂歌世界》第1首。

这是我流浪的空地

这是我流浪的空地
有谁在湖里拉着水草
你们不许我划船

眼神慢慢地恢复过来
头顶煤层燃烧
海岸涌出变色的海水

世界是个大玩具
我也有一条路一次人生
我拨动小棍声音散布四方

砖场的温度使人苦闷
纸币在树心里卷得很紧
你卖春天把秋天的叶子给我

1985 年 5 月

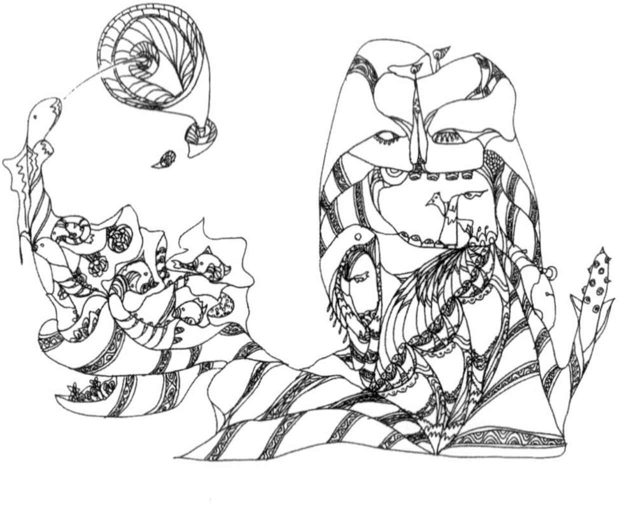

山歌

晨光,红色的土岗
你们出现了,我的山羊
你们的绒毛上带着露水
你们鸣叫,向着太阳
山谷空空荡荡,太阳
太阳使你们鸣叫,使声音湿润
太阳把我们晒成枯骨,留在山上

1985 年 5 月

怀旧

犹如所有爱过的浪花
都在我的头顶失去声音
你的美丽是白天的幻觉
我们是战争的卵石

水纹从震颤的中心涌上
绝望的指尖有它的路线
一把剑只有从我心上穿过
血才会缓缓流过肩窝

到白蒙蒙的暴雨中去
赤着脚风衣也不要
像水那样奔走
像空气那样混合

让头发环绕世界带着微笑
让一棵树看到所有风波

1985年6月

柳木

今天是明天
脱去的衣服
手放在柳树上
会想到生命

那种切开的洁白的柳木
消除了目的
也就消除了道路
　　这时就可以行走了

在灰尘中间
放着杯子
放着鲜红的果子

1985 年 7 月

航船

没有阳光涂下的颜色
没有海水,没有金黄的柠檬
没有灰色的铅桶放在屋子周围
你让呼吸浮在空气之上
你从土地中得到力量

过去我在清凉的水里做梦
在你美丽的枝叶下
听阳光在阴影间飘动
有一次我感到你新鲜地站着
就在桅杆中听到了海水的声音

风暴还在很远很远的地方
船舷和缆绳都很放松
六月的阳光走过你洁净的手臂
我这样地熟悉你,以至成为你
在芳香中将你忘记

我们在彼此身边和中间

美丽的树变成了航船

            1985 年 7 月

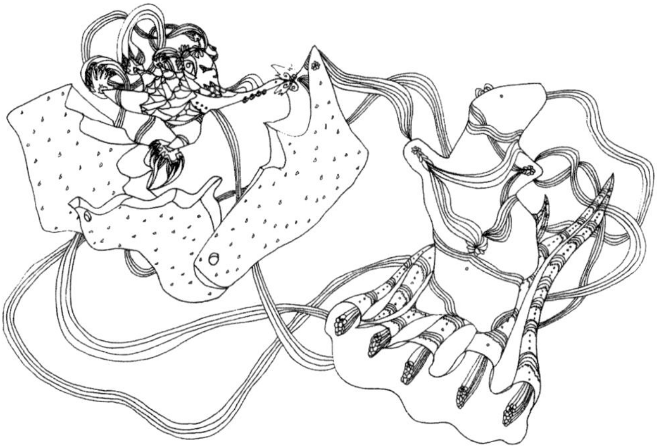

云起

1

　　由于说得太久
　　他就信了
　　每当回过头,那笔钱
　　就发出声响
　　他就看见了倒悬的火焰

2

　　快要醒的时候
　　他纵马驰骋过田野
　　绿叶子勇敢地杀人
　　风在倾泻

3

点一盏灯
像擦一块板
他看草绳扎的罪犯
众生沉默的脸

石块上磨出太阳
　　　　又显出白马
白马今天带来的
　　　不是梦幻

4

石像在石块中
　　一个轮子停了
　　两个就开始转动
　在最后的故事里
你四肢明亮

5

假如要去那里
在你和阳光之间
诗就会发呆
而蓝色的水
始终存在

1985 年 12 月

1986

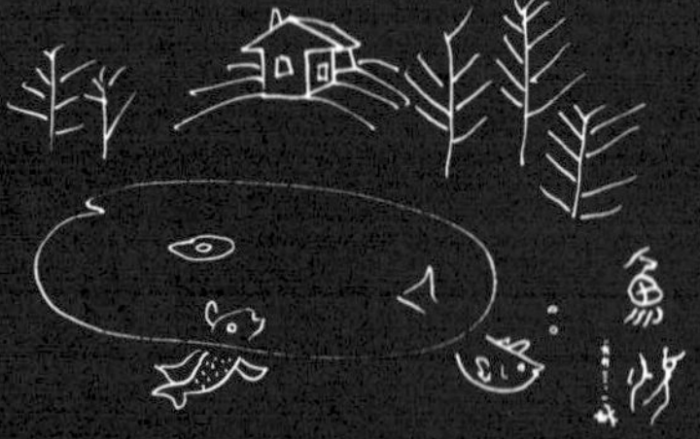
魚

消失

美丽遍布天上脸上
我不能环顾四望

点起烛火
梦想小平房有盏灯亮

微小的秘密
使花朵开放

1986年1月

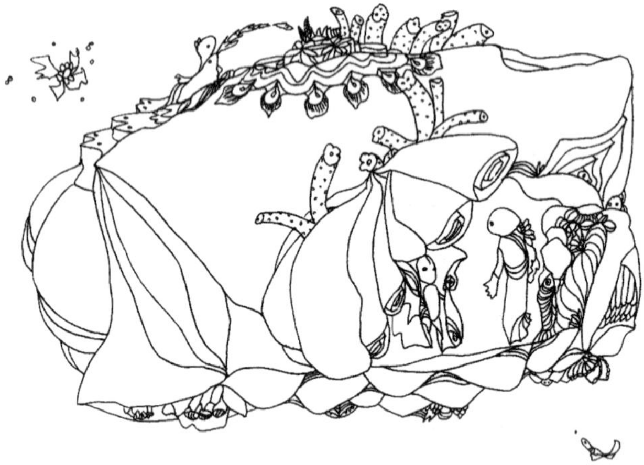

呼吸

——所以我写诗

出于偶然的兴趣
说出一个故事

而大地如歌
到处堆满聪明的叶子

写诗的理由完全消失
这时我写诗

写一点
就活下去了

你不呼吸么？
你不写诗么？

1986 年 1 月

我们写东西[1]

我们写东西
像虫子　在松果里找路
一粒一粒运棋子
有时　是空的

集中咬一个字
坏的
里边有发霉的菌丝
又咬一个

不能把车准时赶到
松树里去

1　作者后置这首诗为组诗《水银》第 24 首。

种子掉在地上

遍地都是松果

1986 年 2 月

为了长久

你所爱的人
为了长久
住在镜子里

在水里烧火挠头
哭泣
全是白字
在盲绿忙碌的小街上
没有镜子

1986 年 2 月

怀古

也许我就要死了
这就是我的四肢
我喜爱的物品

我确曾穿过真实的存在
可从来没碰到什么
我像个小花蛾
在光和影中飞
从指尖一直到达遥远的端点

1986年3月

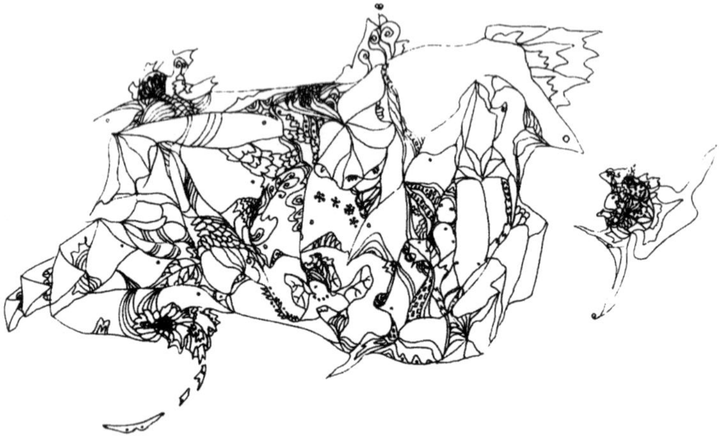

磨石

沿着水走吧

我的人多么悲哀

沿着石头长成的

绿色　撒落下来

磨石的运行　白白的

收起光彩——

在梦里采过

在梦里采过

那也一片白

或许有花开

1986年4月

避雨

像圆扣子一样
她没有爱过
春天留下茂密的荒草

乞求此时一半的喧哗
瀑布由远而近
那桥上走过分开的头发

他深思熟虑
直到烦恼开始
那些木头有朽烂的黑洞

那阵雨停了
水泡在池塘中升起
一轮一轮使星星开放

1986年4月

雨水

又闻见雨水的味道
边上是商店
你背书包
走了多少次
今天依旧新鲜

那日子就在身边
像书一样
像书桌一样
就在身边

可自那一刻想起
忽然就远了
远到了天边
到了梦那边
再不可企及

1986年4月

失事 [1]

屋顶上又蒙了雪
雪上又有了煤
一千七百米上空
又开始闪烁

琴说
青春是一把琴
不要弹它
要抚摸它

一千七百米上空
突然断掉

1986年4月

---

[1] 作者后置这首诗为组诗《水银》第13首。

日益

他们在柱子的灰烬中间
被一阵阵记忆所侵扰
手莫名拍到鼓上
生命由此奋起

叶子四下舒展
箭翎翻覆如歌
笛声亮于太阳
倾诉的并不是一件事情

1986年5月

潜泳

写如潜泳　采珠
　不能呼吸
　云中有心
问云的消息
　否则我们
　无法看见自己

第一个上帝
是蜡烛做的
它一诞生
就照亮了一顿晚餐

后来阳光送它下台阶
后来它有点忐忑　不安

1986 年 7 月

裂痕

好像除了花园和阴冷的
懊悔
　　　就无处可去
水泥地上
诗歌竟也无处生根

一棵树
做立柜说　长粗点
搭房子说　长长点
星球微微转动

我在城堡外边
抚摸光滑的裂痕

1986年7月

同意

他对我讲过他认识死亡
他说你也认识不要惊慌
亲人走时会轻轻把门带上
这是一条长路
记忆不再收藏

1986 年 9 月

神山古画说鱼图

水火

上阕

世界是属火的
它从每个微粒中极缓极缓极缓地
燃烧出来,被雨水熄灭

生命是属水的
那些天空降下的树
用根须抵抗着大地的燃烧

人是属水和火的
女孩是水草
男孩像火焰自我缠绕
她们的孩子有芳香和光辉

穿白衣的成人始终在黑水中行走
淡紫色和绿色长长的闪电

是水的火丝,而火
蔓延在人们蓝色的血液中

这时,黄色的人是美丽的
有如斑马和羚羊被淋湿的条纹

蝙蝠在飞,电和青虹
水的光辉和火的芳香

下阕

打破的小窗子露出黑夜
莫非世界没有奇迹,而雷声昼夜不熄
一棵树在灰楼板上也有美丽的影子

打碎所有窗子,脚手架就散了
窗帘纷纷飞舞,却不变成鸟群
凛冽的风吹起所有纸片
那里有一个门不知可面临晴空

只有一种联系，就是水的联系
火是分散的，当水缺少时
世界就变成了尘土

为了不使树木枯萎
我把手伸到众人之中

火胜利时，生命是光辉
水胜利时，生命是气息

1986年10月

请假

那只眼睛冷冷地看着
泪水是冰
屋子里锯末泛滥
这是一次北方的入侵

我鼓起请假的勇气
离开人生
寂静的天上那只鸟
依旧飞个不停

惊慌的叶子直线穿过
许多人都孤苦伶仃
许多的一个人
匆匆忙忙兴奋莫名

1986 年 10 月

我也知道

云南

云留在了石块上
他们就把这些石块
卖给游人

在云和云之间
有可以涉过的河流
于是我就从这边走到那边

沿着边沿走到傍晚
这时我有点孤寂
才看见月亮
一直金黄金黄地看着我
并且照亮一小片地方

男孩在城门口找鱼
把鱼漂含在嘴上
风吹着他的脊背

云带着自己暗蓝的影子
顺便也带上给我的安慰

        1986 年 10 月

表达

我要到大世界去
去看那些小玩具
这边刷刷漆那边刷刷漆

玫瑰
如血之日
如水之时
一些简单的词
"如花似玉"
在众人中传奇

我害怕
瘦弱的人看过的春天

1986年12月

1987

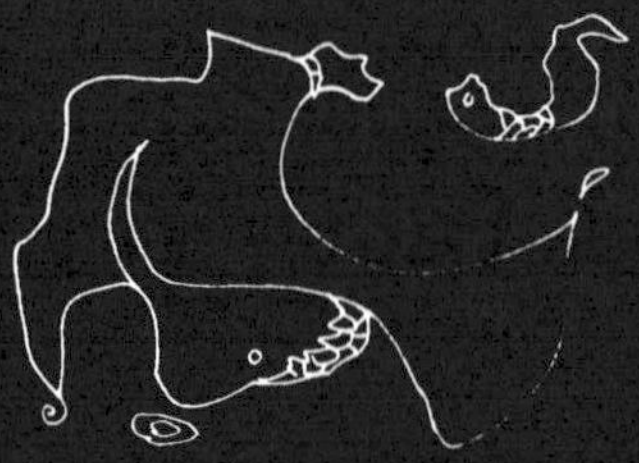

我在很多地方

我在很多地方
看到一个东西
后来才知道是你

你坠入火焰
出来千万个影子
各个不一

阳光并不熄灭火焰
而是映照它
好像欣赏孩子

我看着
忘了叫喊
也忘了着急

你一百次笑

我也没生疑

直到最终想起

火焰明暗

在许多地方

却不在时间里

                         1987年1月

守中

你一边灌水
一边说话
纸窗裹住的女孩

我的心平静像河流
起起伏伏的沙丘
垂白杨的沙丘
我像被轻轻刷过
身上是洪水的擦痕

虚无之前
我们画一道印
拿脚站好
她浑身发亮

1987年3月

弯牛

我喜欢待在家里
可我在世界上走个不停
我喜欢世界上的走动
可我不喜欢离开家门
闹不清怪我不读字典
读了字典我不断提问
问得多是因为读得太多
读得多是因为闹不清

别把世界带到我身边来哟
是你到世界里头去的呀

1987 年 4 月

往世

来到这个世界上
我什么也不知道

我只知道
我忘了一件事
我用诗想这件事

来到这个世界上
我知道了一件件事
都不说
那件事
诗让我说那件事

我会逃走
路会消失

1987年6月　德·明斯特

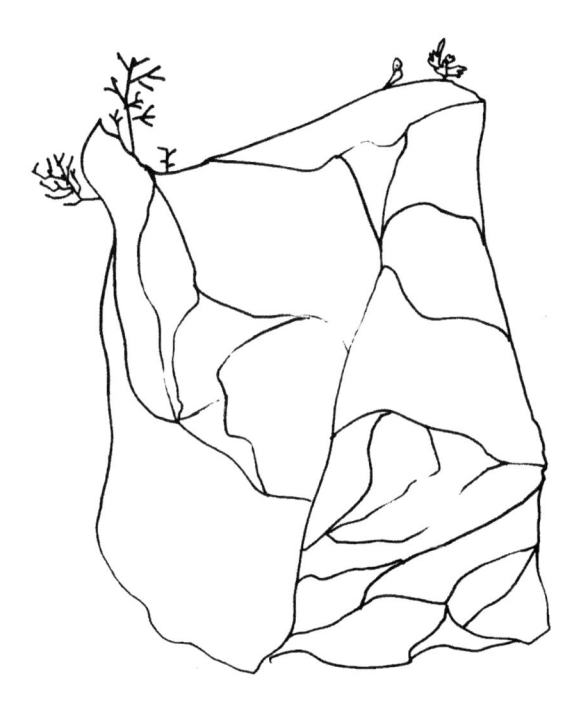

箭

只有一次她想这事
裂纹像头发
她洗瓷器
忽然碰到了花

她想那些花
在街上
只露一点
看不出园里的样子

看不出沙　狗
大柳树垂住
中午风
吹了铁丝

每层花
都动

馨
都让她收紧脚趾

花香　屋子空
一个人
一人
那是最美的年龄

1987年10月

法国

云彩下挂着小烟囱

这就是法国了

船后变幻着大陆

玉色的海

一个事物进入另个事物

       1987年10月

1988

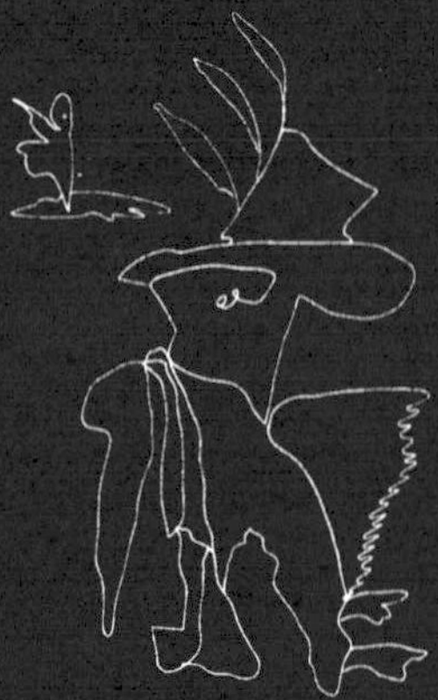

拔地

这是多么伤心的地方
有水和许许多多名字
土是透明的可以吃一点
那是我们擦过的窗子

从头数生铁和锅怎么来的
亮灯应当坐生铁的飞机
你上过的楼梯上
他们放满东西

鸟都不知往哪飞好了
水晶灯和人格格不入
在水里慢慢就可以看见
你的笑像一些会飘的白云

1988年1月（赴奥克兰前夕）

又一诞生

海在重复它的浪花

人在天地间生生灭灭

如果世上没有爱

如果世上没有恨

人就会太少或太多

绝生而绝灭

云投它的影子

树投它的影子

海因为重量

而微微发抖

1988 年 4 月

开始

像一朵花
灯下最小的摇篮
那时我也没读书
没在十二岁的草地上走过

生活是一块玻璃
  你一直不知怎样开始
  当他的脚伸向你
小心就开始了

一个人对你
像一把刀或鲜花
  慢慢伸进所有树木
  轻轻开火
  看里边的黄金

1988 年 4 月

大 足 春秋

佛腳之大 敵人畏怕
和尚現性 絡驛不絕

城

雨时

诗像轻轻移开的手
我把我放进蜜蜂的房子

等雨　一滴两滴

想那么多
想你
　那么多你

下雨的时候
上街去
永远工作的样子
街湿湿的
下雨的时候
想上车去

诗轻轻移开
蜜蜂的房子

1988 年 4 月

译

生命是表面的
天空无法阻挡
死亡是内在的
天空无法阻挡
生命掩护着死亡
从大地上站起
在阳光中晃动着阴影

生命是死亡的圆盾
生命是死亡的矛枪
生命胜利的时候
死亡也胜利了
生命是一层颜色
被死亡从后面涂去
生命是一套组装
被死亡从内部拆散
死亡是强大的

但阳光射中了它

于是它也倒下

像一段枯木

化为烟尘

1988年5月

你看我的时候

你看我的时候
大地变成窗子
白云一片片飞
下边是更亮的天空
车站上许多人
被照得透明
后边是更大的门

你看我的时候
大地变成镜子
白云一片片飞
都是彩色的倒影
车站惊讶地打开
田野连着山峦
果树一重又一重

你看我的时候

大地变成房子

白云一片片飞

秋天是我们的客厅

车站是布景

四壁挂满恒星

人们提着回家的彩瓶

你看我的时候

大地变成了钟

盖子一下打开

到处都是声音

墙上爬满齿轮

太阳不再上升

1988 年 6 月

声音

声音移走门
她们围成俑
中午踩石头
车子过泥泞
后排阴影中

没有人　同行

1988年6月

花就这样开了

花就这样开了
云特别白
　　把紫色的影子
　　全都送给黄昏的大海

放好锯
放好冬天的木柴
春日天空水一样透明
四下的草都微动起来

收好锯
收好冬天的木柴

1988 年 9 月 [1]

---

[1] 南半球的 9 月是春天。

木桩

我住在水牛的村里

和狗住在一起

我的手上有花

心上也有花朵

把稻束抱回家里

把稻束抱回家里

家里就有太阳了

新鲜的人　在蔬菜中间

1988年9月

万一

我喜欢用黄木头盖房子
当天气好的时候
当云彩很淡的时候
夹着泥土
一块一块
垒到高处
每天我只要收一粒稻谷
我害怕期待
也害怕　巨大的幸福

我喜欢　每天收一粒稻谷
在万字中走一的道路

1988 年 9 月

往事

一件件往事
像小烟囱
都虚浮在
沙漠的　光辉里了

走过去的
女孩
被放得很大

现实像黏土
过去了
就像灰烬
那么干净　轻巧
很容易撒落

1988年9月

瞬息

火真正会唱歌
会用光滑的被单
带走他的妻子
会伸手触摸

你在火中睡着
星星温暖的起落
你流畅如海草
引出长长的诱惑

万物随你而去
最后的星亮在眉心
火在歌中为你降获
抛下了骄傲纯洁的灰烬

1988 年 10 月

想些往事

小时在帐里
看绿叶遮天
后来街道长了
忽明忽暗
回到的家
抽屉里有弹球滚动

鸟叫着想些往事

芳草今日绿
故人已成灰

那事遥远得
伸手可触

1988 年 10 月

答案[1]

这是最美的季节
可以忘记梦想
到处都是花朵
满山阴影飘荡

这是最美的阴影
可以摇动阳光
轻轻走下山去
酒杯叮当作响

这是最美的酒杯
可以发出歌唱
放上花香捡回
四边都是太阳

---

[1] 这首诗应写于11月初赴美前,曾于洛杉矶朗诵(作者11月8日至12月10日应邀赴美参加了一次诗歌活动)。

这是最美的太阳
把花印在地上

谁要拾走影子
谁就拾走光芒

1988 年 11 月

1989

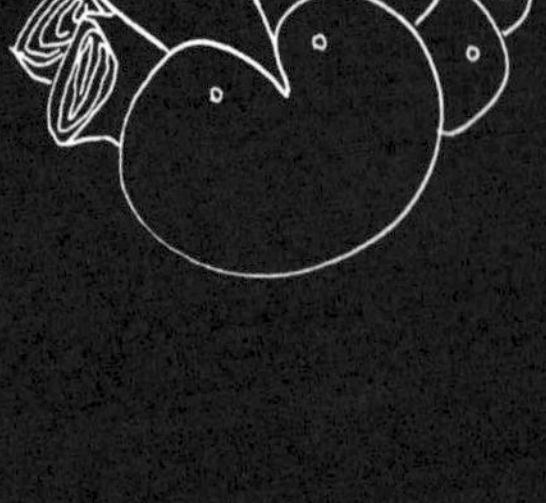

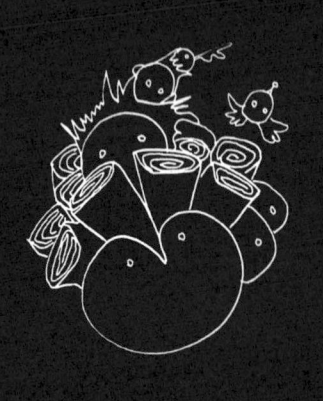

我转动手指

我转动手指,使海水变成
强大的四肢
生命不过是种颜色
火的微粒始终存在

白天的船
所有爱过的声响
我知道我的脚步
略略压迫大地
我手上聚集潮气
即将开始寂静的蜂群

我不断重复
让手给我屋子
让秋天的草也来造屋顶
地下的黑暗温暖而恬适
我的呼吸长出叶子

我的手化为泥土

我已被放置千年之久
慢慢感知内在的宇宙
而搬石头不过是借口

1989年1月

驻马店

这是一个天生花白的词典
像过节　　闪闪亮亮
他用一个字
　　　　　在雪地　在转弯的地方
　　　印长长黑色的笔迹

从罗马到埃及　花一分钟
　　　　　　　　拜占庭
　中国鞋在那里大放异彩
中国花瓶

　他看她
　嬉弄门口的神
　放小桌子
　又放小凳

1989年3月

槐大树
大树芽儿发香呢
太阳落山

十九日

躺到床上哭

地上没有树

有几棵

像棍子

站起来

树难看

我上学

它长了叶子

我放学

它伸脚伸天上去了

它以为那是地

踏步踏实星星

把天空也弄结实

1989年5月20日

关灯

把他照你
可以多打招呼
我还有妈妈嘛

其实灯很难关掉
在城上
挖得深点
别给埋城里了

一步上下
像片叶子
冰划船
火上岸
天那么黑

灯还真给关了
谁干的

打鸟也说不打

拿把椅子尽晃悠

我就是个晃晃悠悠的人

你可以坐着等

房子外边

厕所是个弱点[1]

响完了

知道这是个梦

1989 年 7 月

---

[1] 作者修室内厕所，4 月沼气池完工时已投入使用。此前厕所在野外。

就是这样的人

就是这样的土地
上边生活着人
就是这样的人
给埋进土地
叶落而长
鸟飞向天空

就是这样的人
一次次长成树
就是这样的人
手臂挥动汇成星辰

1989 年 9 月

可叶鸢扭图

戏84.10

近处的故事

这是一片海的故事
太阳照的地方
四下黑暗沉沉

一只鸟　发现
月亮离她很近
可以理理羽毛咬咬餐巾

她想让花开在水里
然后落下去
变成黑色的鱼群

她想站到花里
四下溅满繁星

她想听水的故事
光耀耀闪在海心

1989年10月

散文

长成大人才有当娃娃的权利
就像生命是一个白天
我们的刚刚开始

这是唯一的时刻
海的事是不能说的
你从第一个字母开始
把它绕开

1989年10月

盲人渡海

盲人到海上去
月亮很大
风也很大
他们的脸晃得厉害
他们说这就是海了

风停了
船漂向更大的洋面
他们的帆一动不动
他们的脸面面相觑

1989 年 11 月

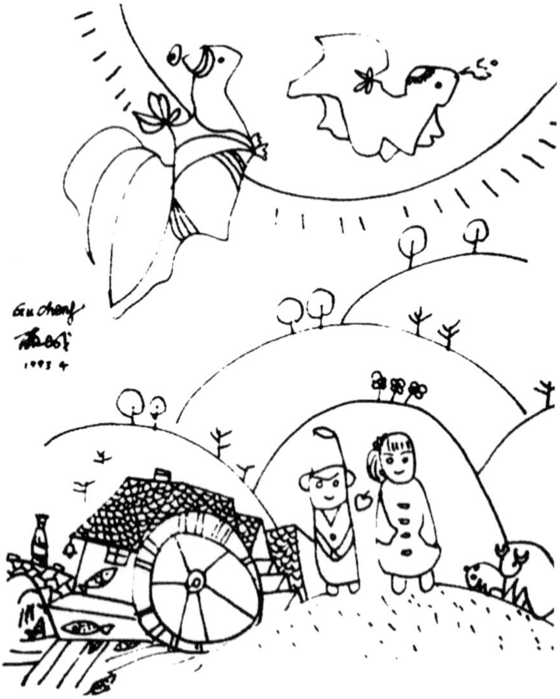

Gu cheng
1993 4

黑色的眼睛

作者 _ 顾城

产品经理 _ 段冶　　装帧设计 _ 朱镜霖　　技术编辑 _ 丁占旭
责任印制 _ 刘淼　　出品人 _ 李静

果麦
www.goldmye.com

以 微 小 的 力 量 推 动 文 明

图书在版编目（CIP）数据

黑色的眼睛 / 顾城著. -- 北京：作家出版社, 2025.5. -- ISBN 978-7-5212-3320-9

Ⅰ.I227

中国国家版本馆CIP数据核字第2025Q5S915号

黑色的眼睛

作　　者：	顾　城
责任编辑：	省登宇
特约策划：	小马BOOK
装帧设计：	朱镜霖
封面摄影：	肖　全
出版发行：	作家出版社有限公司
社　　址：	北京农展馆南里10号　　邮　　编：100125
电话传真：	86-10-65067186（发行中心及邮购部）
	86-10-65004079（总编室）

E-mail:zuojia@zuojia.net.cn
http://www.zuojiachubanshe.com

印　　刷：	北京盛通印刷股份有限公司
成品尺寸：	127×184
字　　数：	220千
印　　张：	13
版　　次：	2025年5月第1版
印　　次：	2025年5月第1次印刷
ISBN	978-7-5212-3320-9
定　　价：	55.00元

作家版图书，版权所有，侵权必究。
作家版图书，印装错误可随时退换。